I klosterbibliotekets spår

Jag vill tacka följande vänner som har läst mitt manus i olika faser och gett mig goda råd på vägen, och framför allt uppmuntrat mig att skriva vidare. Towan Obrador, Eva Georgson, Christine Hansson, Eva Nahlin, Päivi Karabetian och skrivargruppen Blood Books´n Bubbles samt Amal Stadler som har gjort omslaget. Jag vill även rikta ett tack till Hans Thunander för hans positiva inställning till att använda krönikespelet i min roman. Varmt tack till er alla!

Maja Markhouss

I klosterbibliotekets spår

Förlag: BoD – Books on Demand, Stockholm, Sverige
Tryck: BoD – Books on Demand, Norderstedt, Tyskland

ISBN: 978-91-8007-994-5

Persongalleri:

Fiktiva personer (alla likheter med verkliga personer är rent tillfälliga)

Kajsa, bibliotekarie

Jean, munk

Jan-Erik, Kajsas bror

Micke, Kajsas sambo

Fredrik, bibliotekarie

Edvard, historiker

Historiska personer (levandegörs med fantasins hjälp):

Kristian II, kung av Danmark och Norge 1513–1523 samt kung av Sverige 1520–1521, i Sverige även känd som Kristian Tyrann

Sören Norby, i tjänst hos Kristian II, dansk sjömilitär och länsherre på Visborgs slott 1517-1525

Nicolaus Petrejus (Niels Pedersen), ca 1522–1579) , dansk präst, tjänstgjorde på Visborgs slott, 1547-1556

Johannes Bonsack, siste abboten i Roma kloster, präst i Björke efter reformationen och indragning av klostret (ca 1530)

Mathias "Masse" Klintberg, 1847-1932, lektor, folkminnesforskare, bibliotekarie

Hildegard von Bingen, född 1098 i Bemersheim, död 1179 i Bingen, abbedissa, tonsättare, mystiker, predikant, författare

Vissa anakronismer är helt medvetna och vissa händelser har anpassats för att passa in i berättelsen. Petrejus vistelse på Gotland förläggs t ex ca 30 år tidigare än i verkligheten. Inledningstexter är hämtade från diverse olika källor, och om något är felaktigt är det helt på mitt ansvar.

Prolog

Cistierciensorden uppstod i södra Frankrike där det första klostret grundades 1098 i staden Citeaux. Det var en utbrytning från den katolska kyrkan, som krävde en strängare tolkning av det kristna budskapet och förespråkade den ursprungliga tanken om enkelhet. Det var den första klosterorden som införde en strikt organisation och ett regelverk som skulle gälla för alla enskilda kloster. Det var dock först när Bernhard av Clairvaux tillträdde som abbot som orden blev betydande. Läran spreds över hela Europa genom att nya kloster uppfördes.

Till Sverige skickades en abbot med tolv munkar år 1143 för att samtidigt starta de två första klostren. Enligt källorna under samma dag, Alvastra i Östergötland på förmiddagen och Nydala i Småland på eftermiddagen. 21 år senare tog sig några munkbröder från Nydala (Nova Vallis) över Östersjön till Gotland. För att i sin tur där stifta ett dotterkloster, Sancta Maria de Guthnalia, eller Roma kloster som det senare kallats.

Kungen över Danmark och Norge, Kristian II, går år 1520 till anfall via Halland med en stor här i syfte att erövra även Sverige. En styrka drar genom Småland och bränner gårdar och plundrar bland annat Nydala kloster. Kristian går segrande ur striderna och kröningen i Stockholm på senhösten övergår i det beryktade blodbadet.

Samtidigt sprider sig ryktet om att en viss Gustav Eriksson är på frammarsch och vinner anhängare, till en början främst i Dalarna. I Småland utbryter det flera uppror mot de danska fogdarna och kung Kristian återvänder året därpå för att kväsa motståndet. Han tar då återigen vägen förbi Nydala och nöjer sig denna gång inte med att plundra utan låter även mörda alla munkar inklusive abboten Arvid. Eller nästan alla…

Kap 1 Jean: Tack för kalaset!

Nova Vallis var byggt enligt den franska klosterplanen med fyra konventslängor kring en öppen ljusgård i mitten. Östra längan var prästmunkarnas domäner där de sov, arbetade och förrättade sitt gudstjänstliv, medan den västra var för lekmannabröderna. Kök, matsal och värmestuga fanns i den södra längan, och via korsgången som löpte runt innergården kunde man förflytta sig mellan de olika avdelningarna. Klosterkyrkan vätte mot norr och bondkyrkan var ett mindre portkapell avsett för kvinnor och andra besökare. Kapitelsalen var klostrets hjärta där ett kapitel ur ordensregeln lästes upp varje dag. Stall, smedja, bageri, förrådsmagasin, sjukstuga och gästhus låg intill. Ört- och kryddträdgården var vida känd i trakten och en skyddande mur löpte runt klosteranläggningen. Det var ett helt eget samhälle, skilt från det världsliga där utanför muren.

Platsen var inte vald av en slump, enligt beläget som det var vilket ordensreglerna föreskrev, mitt i det karga skogslandskapet. "I en stilla, bördig och fruktbar dal, avskild, öde och fjärran från bebyggda trakter", var abbot Bernards devis. När de första munkarna kom för att slå sig ner var gränsbygden mellan Njudung och Finnveden glest befolkad, men det fanns goda förutsättningar för odling, jakt och fiske. Klostren skulle vara självförsörjande och att det närbelägna vattensystemet var rikt på sjömalm hade troligen varit av betydelse. Klostret hade även flera stora gårdar i sin ägo som de erhållit genom donationer av rika bönder, som i utbyte förväntade sig en plats i himlen. Eller åtminstone att få njuta sina sista levnadsdagar som pensionär i klostret.

3

Nydala kloster 1521

"Kungens soldater har siktats vid Jönshult!"

Den tidiga morgonbönen avbröts av att lekbrodern Arnulfus kom springande in i klosterkyrkan med andan i halsen och skräckslagen blick. De församlade munkarna vred sina huvud nästan ur led för att se sig omkring och ett oroligt mummel spreds mellan bänkarna. De som hade råkat slumra till såg sig yrvaket omkring. Vad var det som hände?

När de förstod vilka besökare som snart skulle nå deras kloster övergick mumlet till jämrande böner. Munkarna fick onda aningar om vad som väntade dem. Ingen hade undgått att höra talas om det fasansfulla som hade skett ett år tidigare vid kröningsfesten i Stockholm. Det hade inte blivit något trevligt gästabud för de inbjudna stormännen och biskoparna, som bytt sida och svurit att stödja kung Kristian II. Trots det hade de blivit inlåsta i slottet, därefter utsläpade på stadens torg och kallblodigt avrättade. När ryktet spred sig över landet bytte många, som innan hade vänt kappan åt Kristians håll, återigen sida. I Småland jäste det av missnöje och ilska bland både allmoge och stormän mot unionskungens hårdföra styre och skattepålagor.

Ryktet hade gått att kung Kristian nu återigen var på väg söderut. Munkarna kunde kallt räkna med att de skulle liksom tidigare få en påhälsning. De småländska upprorsledarna hade röjts ur vägen, och kungen misstänkte med rätta att de hade haft stöd av klostret. Han skulle säkert utkräva ytterligare hämnd, Kristians motto var inte för inte "Land ska med terror kuvas och styras".

Nydala hade dessutom rykte om sig att vara ett rikt och välmående kloster, som låg lämpligt till för övernattning vid färd genom det småländska landskapet. Så munkarna var inte helt oförberedda och hade redan plockat undan en del av matförrådet och gömt i skogen. Det var allmänt känt att när kungligt folk kom på gästabud länsade de både fat och tömde stop. Frågan var om de denna gång skulle nöja sig med att endast smörja kråset?

"Seså, ni måste behålla ert lugn, mina bröder", uppmanade abboten Arvid. "Vi ska ta emot kung Kristian och hans män på bästa sätt, såsom vi gör med alla som gästar vårt kloster och har behov av vila. Vi bjuder på den mat och dryck som finns i huset och sovplatser ska de också få för natten. Vi får ha förtröstan om att de far vidare när det dagas och vi kan återgå till våra vanliga sysslor."

Abboten Arvid hade både ett fridsamt och klokt sinnelag och var därför en omtyckt ledare för klostret. Han trodde gott om alla och envar och att även en beryktad tyranns humör skulle kunna mildras om denne behandlades väl.

Kung Kristians besök i klostret varade i tre långa dagar, då hären behövde vila för den resterande färden mot Köpenhamn. De åt och smaskade, lapade och rapade samt fes ljudligt. Munkarna bar fram mat både till tidig otta och sen vickning, men fick de något tack för det? Inte alls, soldaterna betedde sig osedvanligt illa och ohyfsat. Kastade matrester om smaken inte behagade, spottade på golvet och drack sig berusade.

"Mera ål! Hit med vin och mjöd, era snåla fetmunkar!"

Gjorde närmanden mot de unga noviserna, i brist på kvinnfolk.

"Du var mig en ful en", gastade en soldat och tog ett skamgrepp om stackars Jakob. "Naväl, det går väl an om man bara blundar! Hoaaa!"

"Vilken liten dejlig tös", smilade en annan soldat och nöp Jean i rumpan. "Vad heter en sådan liten snäcka?

"Wow, wow, wow. Hvad gor vi nu, lille du?"

Soldaten blev så paff över att en småländsk munk kände till Gasolines gamla slagdänga, så Jean lyckades göra en undanmanöver och slita sig ur hans famntag. Han skyndade till visthusboden för att hämta mer mat och dryck till soldaterna. Balanserade med fylld korg på den lilla bron över vattnet som omgav holmen. Han tänkte att om soldaterna blev tillräckligt mätta och fulla skulle de inte orka göra mer ofog.

Trots okvädingsorden och förnedringen fortsatte abbot Arvid att ingjuta mod och tålamod hos sina upprörda bröder.

"Hären måste fara vidare redan idag, enligt ryktet är Gustav Eriksson och hans män dem i hasorna."

Det räckte dock inte för legosoldaterna att svina runt och skrika otidigheter åt munkarna. De ville även ha lite underhållning innan de begav sig iväg, och bland det roligaste de visste var att skjuta prick på rörliga objekt. Som sådana måltavlor uppfyllde de obeväpnade och skräckslagna munkarna till fullo soldaternas krav. En efter en föll de som käglor.

"Här får ni så ni tiger, era jävla småländska skogsmunkar!", skrek en soldat och riktade sin musköt mot den stackars försvarslöse Arnulfus.

"Broder Jakob, vi måste försöka ta oss härifrån och ta olika vägar för att vilseleda soldaterna. Vi ses vid källan. Var vaksam! "

Jean, som var den yngste munken i klostret, gav sin vän Jakob en klapp på kinden, tog sina persedlar och smög ut. Han vände sig om en sista gång. Skulle han någonsin få återse det stolta klostret på den ensliga smålandsslätten?

Överallt var det soldater som spärrade vägen för munkarna som förgäves försökte fly. Jean vände om för att vilseleda dem och sprang tillbaka in på klostergården. Vart skulle han ta vägen? Han behövde inte fundera så länge på den saken, då en av kungens män dök upp bakom honom. Men istället för att ge honom ett svärdshugg i solarplexus knuffade han in Jean i köksförrådet. Mannen gav tecken åt Jean att hålla sig lugn, samtidigt som han signalerade till de andra soldaterna att byggnaden var tom. Jean förstod ingenting, skulle han

bli utsatt för någon utstuderad tortyr? Då skulle han hellre föredra att
bli dödad på fläcken.

"Jag är kungens kansliskrivare. Jag råkade höra när du
pratade franska med din broder. Jag kommer själv från det
frankiska riket och vill därför inte att en landsman blir
dödad. Att Kristian har ombytligt humör känner vi alltför väl
till, men det här har gått för långt. Det är fruktansvärt att se
på när han går bärsärkagång i klostret och beordrar sina
soldater att ha ihjäl er oskyldiga munkar. Men du kanske har
en chans att komma undan om du tar dig ner till sjön."

"Gud förbarme dig för din godhet, monsieur kansliskrivare.
Merci beaucoup!"

"Tack unge munk, men skynda dig nu innan de kommer
tillbaka!"

Jean hade redan tänkt ut en flyktväg som han visste var våghalsig,
men såg inga andra alternativ. Klostret låg vid den stora sjön
Rusken, vid vars södra strand de hade sitt fiskeverk. Isen hade
frusit sig så pass tjock under de senaste kalla vinterdagarna att han
räknade med att den skulle bära ända till Ulvsnäs. Därifrån skulle
han kunna ta sig till det avtalade gömstället utan att bli spårad och
upphunnen av soldaterna, med lite tur.

Han skulle precis sätta foten på isen och var nära att slå på näsan
när benen gled isär i en vacker spagat. Då hördes fruktansvärda
skrik uppifrån klostret. Vilka hade inte hunnit sätta sig i säkerhet?
Vilka ännu fler av hans bröder skulle falla offer för den
vedervärdige Kristians legosoldater? Han hade emellertid inte tid
att fundera över det om han skulle ha en chans att rädda sitt eget
skinn, utan skyndade sig upp på fötter.

"Det är en munkjävel på sjön! Jag tar honom."

Jean sprang för sitt liv, vilket inte var så lätt på den hala isen. Han
hörde hur soldaten bakom honom halkade omkull och att denne svor

en lång ramsa på danska. Jean log för sig själv, där fick den förbaskade danskskallen. Men det skulle han inte ha gjort. Marken rämnade under honom, eller rättare sagt isen, och han föll handlöst ner i det iskalla mörka vattnet. När han kom upp till ytan, kippade efter andan och försökte kravla sig upp ur vaken fick han ett slag i huvudet. Det rungade till i skallen och gjorde så ont att han var nära att svimma.

Han trodde att nu var det kört. Soldaten skulle inte ge sig förrän han tagit kål på honom, så mycket var säkert. Trots att han kände sig yr och knappt visste vad som var upp eller ner, försökte Jean räkna ut vilket väderstreck som borde vara det rätta. Och började simma. Under isen. Det kändes som om lungorna höll på att sprängas och allt var bara svart och isande kallt, men han kämpade tappert vidare.

Aj som tusan. Han hade slagit knät i något hårt och samtidigt knakade det till. Var det soldaten som hade följt efter honom och nu höll på att hugga hål i isen? För att pimpla upp en stackars munk? Han kunde inte bry sig mindre. Han snarare ålade än simmade den sista biten och väntade på det slutgiltiga slaget.

Men inget hände, allt var tyst och stilla. Han öppnade ögonen och kikade fram. Jean upptäckte att han strandat i en vassbevuxen vik och med stela ben kravlade han sig upp på land. Ögonfransarna hade klistrats ihop till isklumpar så han hade svårt att se, men kunde i alla fall urskilja en byggnad. En gård. Ett svagt ljussken som rörde sig hit och dit. Hade han kommit till Per Olssons bonnagård? Eller var det Sankte Pers pärleport?

"Vem e dä? Är du frände eller fiende?"

Jean drog en lättnadens suck och försökte le med stelfrusna läppar, men det blev bara en grotesk grimas. Visst var det ett småländskt tungomål, då var det inte dansken som hunnit ikapp honom. Han kunde då rimligen inte heller vara död ännu. Om det nu inte fanns smålänningar i himlen förstås?

"Fffffrände", hackade Jean tänder. "Mmmmmuuuuu…"

Husbonden skyndade fram till den stelfrusne och utmattade unge mannen, och bar in honom i storstugan med hjälp av drängen.

Två dagar senare vaknade Jean till liv igen. Han hade dragit på sig en ordentlig lunginflammation efter sin strapatsrika simtur och varit riktigt illa däran. Legat och yrat medan frun i huset skötte om honom och lade örtomslag för att få ned febern. När han nu var vid medvetande igen ville han genast upp och hoppa, men blev bryskt nedputtad i sängen.

"Jag måste tillbaka och ta hand om mina bröder", utbrast Jean och sparkade med fötterna för att komma loss.

"Seså, nu ska unge herrn vila upp sig själv först. Hur många bröder har du?" undrade frun.

"Tjugo med lekbröderna", svarade Jean.

"Oj, det var en stor familj. Hur många systrar har du då?"

"Systrar?" Jean tittade förvirrat på frun. "Nä, det får vi inte ha i klostret."

"Jaha", inflikade husbonden. "Kommer du från Nydala?"

"Ja, den vedervärdige Kristian Tyrann kom med sin här och soldaterna jagade mig. Jag föll i en vak, men lyckades fly och simmade under isen. Var är jag? Har jag kommit till Ulvsnäs?"

"Nej, du är på Svenarno gård, och jag är Sven Håkansson", presenterade sig bonden. "Har du verkligen simmat från Nydala och hit? Då måste du ha haft Guds försyn med dig, det är minst en halvfjärdings väg!"

"Gud är stor", mumlade Jean under täcket. "Det var en stark ström som förde mig hit." Så flög han upp igen och gestikulerade vilt. "Jag MÅSTE tillbaka till mina bröder!"

"Lugna dig", sa bonden. "Vi har fått bud om att halva klostret är nedbränt och att det inte finns någon levande själ kvar. Soldaterna slog ihjäl varenda munk, ingen ska ha sluppit undan, inte ens abbot Arvid. Så vem är du? Kommer du verkligen från klostret?"

9

"Ja, jag är Jean", svarade Jean sanningsenligt, "och jag är yngste munken från Nydala kloster. Men jag kommer ursprungligen från Frankrike så av börd är jag fransman. Liberté, egalité, fraternité! Vive la France!"

"Hmm, jaha." Bonden var inte övertygad om att ynglingen, som återigen hade satt sig käpprakt upp i sängen, var helt återställd från sin feberyra.

"Fast jag känner mig som en riktig smålänning", bedyrade Jean.

"Nåja, kung Kristian sägs ha dragit vidare mot Köpenhamn, men jag skulle inte råda dig att ge dig ut på vägarna ännu. Du är ännu för svag och skulle bli ett lätt offer för stråtrövare. Och vad ska du där att göra uppe i klostret alldeles ensam förresten?"

Jean blev tyst och sjönk ner i sängbolstret. Om han inte skulle kunna återvända till Nydala, vart skulle han då ta vägen? Han kände inte en människa utanför klostret, och om alla hade blivit dödade...så var han ensam. Det fanns ingen som kunde hjälpa honom, så han måste nu klara sig helt på egen hand. Jean låg och grubblade tills han åter föll i djup sömn.

Elfrida gav Jean en förstulen blick bakom duken som hon satt och sydde på. Hon var bondeparets enda dotter, vacker med rågblont hår, blå ögon och frisk hy. Hon hade ett milt sinnelag och blivit djupt påverkad efter ett besök i sockenkyrkan. Prästen hade särskilt uppmärksammat hennes goda kunskaper vid det årliga husförhöret och uppmuntrat till fortsatt läsning i katekesen. Därför tyckte Elfrida att det var oerhört spännande att en munk hade dykt upp i deras hem. Tänkte att det måste vara ett tecken från Gud. Dessutom hände det inte så mycket i Småland på den tiden. Närmaste gård låg en mil därifrån och det var sällan hon träffade någon i sin egen ålder.

Hon intalade sig att hjärtat bultade så hårt i bröstet därför att det var en gudfruktig man som låg i bädden. Inte alls för att det var en ung man med ädla drag, ljusbrun hy och svartlockigt, tjockt hår. Elfrida

10

kunde inte ta ögonen från honom, han syntes henne som en exotisk uppenbarelse från fjärran land. Hon tänkte att det var nog exakt så som Jesus måste ha sett ut. Långt ifrån de bleksiktiga och grovhuggna bondpojkar som brukade kasta lystna blickar på henne i smyg vid kyrkobesöken.

De närmaste dagarna tillbringade Jean i sängen med att ömsom be förtvivlat, ömsom gråta bittert. Men på tredje dagen deklarerade han högtidligt sitt beslut:

"Jag ska fara till Roma!"

"Till Rom?! Är du alldeles galen? Hur ska du ta dig ända dit? Och kan du tala latin?"

"Det är väl klart att jag kan latin, jag är väl munk för famicken", svarade Jean. "Och jag sa inte Rom, utan Roma. Det ligger på gutarnas ö i Österhavet. Vår första abbot reste dit för 400 år sedan och grundade ett kloster. Jag hoppas att det finns en plats för mig där. Annars kan jag alltid bli provgute! Jag har hört att länsherren önskar att fler ska bosätta sig på ön eftersom de behöver påfyllning till skattkistan."

Kap 2 Kajsa: Bibliotekarien på nya spår

Ohs, Småland

På det stället där ån vrider sig i en sista krök ser man skymten av det gula skolhuset. En ljuvlig doft av stenkolsrök sipprar in genom det nedvevade bilfönstret. Kajsa drar ett djupt andetag och lättar på gasen. Hon förs i tankarna tillbaka till åttiotalet då hon ofta brukade färdas denna väg, och kan nästan känna ungdomstidens förväntansfulla stämning inför den stundande helgen.

Ohs är en av alla de tidigare så stolta och framåtsträvande bruksorter som numera är en liten avfolkad och slumrande by. Några eldsjälar försöker hålla liv i samhället med filmkvällar och hembakt pizza, tipspromenader runt sjön och majbrasor vid scoutstugan. Vilket inte är så lätt då engagemanget sjunker i takt med att medelåldern stiger, därför är det i alla fall bra att man har fått en hjärtstartare till föreningslokalen. Affären stängde för länge sedan och nu har även bussen till Värnamo dragits in.

På onsdagseftermiddagarna är det dock full fart på boulebanan när byns gäng tävlar om äran och inköp av veckans bakverk. Från den ståtliga kyrkan som brukspatronen lät bygga ljuder ett vackert klockspel varje kväll. Vattenkraftverket har försett både bruket och byn med el sedan slutet av 1800-talet. Ån forsar och brusar då trakten ännu inte lider av vattenbrist, tvärtom blir det ofta översvämning. Sjön Rusken har fortfarande ett gott fiskebestånd och lockar många fritidsfiskare att dra upp en gös.

Dessutom finns det en museijärnväg som förbinder byn med det större samhället Bor, och tack vare tågentusiaster lever Ohs upp under sommarsäsongen. Turister från när och fjärran hittar dit trots att det ligger en bra bit från allfarvägar och turiststråk. Morfar minns nostalgiskt sina barndomsfärder medan barnbarnen åker tåg för första gången i sitt liv.

Kajsa hade tillbringat många helger och somrar på Ohsabanan i sin ungdom. Hon minns med saknad grillkvällarna vid sjön och midsommarfesterna i den gamla kolladan. Det hade gått vilt till ibland, som när den gamla soffan kastades ut på backen genom fönstret, så man kunde tro att det var det lokala rockbandet som levde rövare. Och det hade faktiskt bildats en musikgrupp bestående av föreningsmedlemmar, med mer eller mindre gehör, som gick under namnet "The Hoppers". De gav ut en skiva "Live at the Roundhouse" som blev omåttligt populär i järnvägskretsar. Polsk vodka var också av någon anledning populär och det berättades fortfarande anekdoter med koppling till denna dryck.

Det är betydligt lugnare nuförtiden på järnvägen då dagens tågnördar inte verkar vara några festprissar precis. Kajsa funderar på om det kan bero på att genomsnittsåldern är högre, eller om de helt enkelt bara är ordentligare och nyktrare. Fast det hade förstås inte bara varit festligheter förr på järnvägen, utan mestadels hårt arbete som att byta slipers eller röja sly på banan. Eller tidiga morgnar med förberedelser för dagens trafik, som att sätta fyr i ångpannan eller städa vagnar.

Kajsa är på väg för att hälsa på sin bror Jan-Erik som bor i Ohs. Hon småler åt sina nostalgiska järnvägsminnen, men har inte för avsikt att varken jobba på tåget eller festa. Bara ta det lugnt sista semesterveckan, bada i traktens sjöar och plocka lite blåbär och svamp.

Nydala kloster 2018

Jan-Erik kommer klivande med raska steg och föreslår att de ska åka på en utflykt till Nydala kloster. Kanske kan de hinna ta ett bad i Skuggebo på hemvägen om det inte börjar regna.

Nu är inte brorsan så värst intresserad av vare sig klostret eller munkarnas leverne. Utan det är främst räkmackan som lockar och som intas med god aptit i caféets trädgård som ligger intill.

Kajsa läser på informationsskylten om klostrets historia. Om abboten Arvid som enligt källor hade flytt undan kung Kristians soldater ut på Ruskens is, men som ändå inte undkommit utan hade blivit ihjälslagen.

"Stackars Arvid", utbrister Kajsa. "Vilket öde för en fridsam munk. Undrar vad han tänkte i dödsögonblicket? Ångrade han sig? Istället för abbot i det barbariska Sveariket kunde han haft det lugnt och skönt om han hade stannat kvar i Frankrike."

"Ja, religion är ett rent fördärv", menar Jan-Erik. "Det har inte lett till annat än krig och elände."

"Njaa", invänder Kajsa. "Det var väl inte direkt av religiösa skäl som Arvid blev dräpt, utan av maktbegär, den främsta orsaken som leder till krig. Det har ändå gjorts mycket gott i Guds namn."

"Det är förvisso sant, men de slåss ändå överallt om vilken Gud som är den rätte."

"Jo, det har förstås varit orsak till många konflikter," nickar Kajsa. "Men det är inte så lätt att veta vem man ska tro på, samma sak är det i politiken."

"Ja, det är bara en massa snack, politiker vet ingenting om hur vanligt folk har det. Inte ens de som kallar sig för centerpartister och låtsas värna om oss som bor på landsbygden. Jag säger bara Annie Lööf. Pffh!"

"Vi ska ha förtidsröstning för EU-valet på biblioteket och det ska ändå bli roligt att ansvara för."

"Det struntar jag då blankt i", säger Jan-Erik. "Skicka en massa folk till Bryssel som ska sitta där och bestämma om varenda liten detalj. Så mycket byråkrati, vad kostar det oss skattebetalare?"

"Jo, men allt beslutas inte på EU-nivå", invänder Kajsa. "Och bibliotekets uppdrag är att främja demokrati, fri åsiktsbildning och vara en…"

"På tal om det", avbryter brodern i vanlig ordning."Har du hittat Sotarpojken, boken jag berättade om?"

"Jo, jag har beställt fjärrlån. Det är väl fantastiskt, att oavsett var du bor i landet ska du kunna få tillgång till all litteratur genom bibliotekens service? Nåja, nästan allt i alla fall."

"Jaha, vad bra, då kan du beställa "Suomen Ilmavoimat", från 1943, av Kalevi Keskinen? Jag har försökt att få tag i den jättelänge, men verkar vara slut överallt. Och sen en annan av...".

"Som sagt, kanske inte precis allt. Ska vi ta en påtår?", föreslår Kajsa för att leda in brodern på nytt spår.

Kajsa går en vända i omgivningarna och försöker föreställa sig hur livet kunde ha tett sig för munkarna under klostrets glansperiod. Vilket sammanträffande att det hade funnits ett cistercienskloster i trakten, liksom på Gotland. Att det var munkar från Nydala som grundat Roma kloster, och att det dessutom finns en museijärnväg i närheten på båda orterna. Kajsa hade inte intresserat sig för klostret tidigare, kunde inte minnas att de ens varit där förut. Nu när hon har upptäckt sambandet funderar hon på om det finns någon dold mening med att hon hamnat på dessa båda ställen. Eller så ser hon kanske bara tecken eftersom hon gärna vill tro på ödets nycker. Förlorar sig i drömmar om franska, mörkögda munkar och hoppar till då brodern kommer och klappar henne på axeln.

"Vi behöver proviantera lite och så har jag ett ärende till banken, så det vore bra om vi kan köra in till stan direkt?"

"Ok, men hinner vi åka till Vandalorum idag? Det blir ju aldrig av annars", undrar Kajsa när de satt sig i bilen.

"Måste vi till det där spektakelmuséet? Det är inte mycket att glo på, det är ju bara några lastpallar utkastade på en plan. Ska det föreställa konst? Då kan jag ha en installation hemma bakom vedboden också. Med gratis inträde."

"All modern konst är kanske inte bra eller intressant", medger Kajsa, "men man måste ge det en chans. Det råkade kanske vara en särskilt tråkig utställning när du var där."

"Jaha du, men det skulle ju vara så märkvärdigt och jämförts med det där danska. Skulle bli Smålands Louisiana, och nu ska de visst bygga fler lador. Det finns det pengar till, men inte till bostäder åt folk."

"Om jag bjuder på pizza efteråt?" trugar Kajsa.

"Okej då. Jag kan gå på Biltema medan du är på det där tabernaklet."

På museijärnvägen

Redan munkarna hade upptäckt järnmalmen vilken fick betydelse för deras smideskonst, men det var 1668 som det sattes fyr i masugnen i Ohs bruk. Järnhanteringen bedrevs i 200 år, och när den epoken var över anlades Sveriges minsta massafabrik. På den smalspåriga järnvägen fraktades pappersmassa till stambanan i Bor fram till dess verksamheten lades ned. Så blev det gummifabrik och sedan blev det ingenting. Industribyggnadens fönster gapar nu tomma, en del är trasiga. På gårdsplanen står ett antal DB Schenker lastbilar uppställda i väntan på bättre tider. Dock fortsätter tågen att tuffa på den slingriga järnvägen sedan drygt 50 år tillbaka, då föreningen Ohs Bruks museijärnväg bildades och tog över driften.

Kajsa drar på sig uniformen för att tjänstgöra som konduktör då det fattas personal. Hon hade inte varit så svår att övertala att hoppa in, trots sina föresatser att inte jobba på semestern och fast hon är lite trött. Inte av något nattsudd med forna tågkompisar, utan det var tranornas sång och rådjurens skällande som hade hållit henne vaken.

Eldaren kastar in en rejäl skyffel med kol i pannan och ångloket kämpar tappert uppför backen. Det är slirigt på rälsen eftersom det nyss kom en regnskur. Det är risk för bakhalka, men upp kommer de.

Passerar vägövergången till Ekebohult och tågvisslan ljuder. Vid varje spårkrön dyker det upp män med systemkamera hängande runt halsen, på huvudet keps med företagslogga och ryggsäck på axeln. De står i jaktställning, beredda att ta den perfekta bilden av tåget.

Elgaryd var förut en populär hållplats för badutflykter, men verkar nu ha övergivits av både folk och Gud. Skylten är rostig och hänger på sned, gräset växer skyhögt. Jan-Erik har berättat att det är grisarna som har fördärvat den tidigare så populära badplatsen. Vildsvinen alltså. Bromsaren lassar av några mjölkspannar, och fast de är tomma stånkar han lite extra. Det måste vara lite show för att tågresenärerna ska få upplevelsen av en resa bakåt i tiden.

Tågpersonalen tar en välbehövlig kaffepaus mellan de två eftermiddagsturerna till Gimarp.

"Jag tyckte det gnisslade mer än vanligt i den sista vagnen", säger Erik och torkar svetten ur pannan.

"Då är det för dålig smörjning, det har slarvats med det på sistone", menar Gösta. "Se upp så det inte blir varmgång i hjullagren, då kan vi inte ha den i trafik mer denna säsong."

"Jag ska kolla den ordentligt efter sista turen."

Niklas är en av de få unga men lovande tågintresserade pojkarna som vetgirigt lyssnar på allt vad de gamla rävarna berättar.

"Jag tycker boogievagnen på 10:an går illa också. Fjädringen är nog på upphällningen."

"Vi får ta in den på en översyn", bestämmer Erik.

"Det lät om Stavsjövagnen också", inflikar Sverker som också vill bidra med något.

"Jo, jag hörde att det klonkade rätt bra, men det är nog bara en koppellänk som hänger ner. Den behöver sträckas, så det är ingen större fara."

Kajsa slutar lyssna när det blir för mycket prat om fjädringar och axeltryck. Även om hon älskar ånglok orkar hon inte intressera sig för alla tekniska detaljer. Tankarna går istället till Arvid, den olycksalige abboten. Hon har hittat en del uppgifter på nätet om Nydala kloster, som att massakern är avbildad på en av de första broschyrer som trycktes i propagandasyfte. Blodbadsplanschen, som finns bevarad på Kungliga biblioteket. Visserligen var den framställd i Gustav Vasas maktkamp mot Kristian Tyrann, och de hade väl varit lika goda kålsupare när det kom till kritan. Att det hänt råder dock inga tvivel om då händelsen finns nedtecknad i klostrets kopiebok.

"Jag undrar om det finns något mer skrivet om abboten Arvid och de andra munkarna? Jag måste kolla på biblioteket i stan", funderar Kajsa högt.

"Krönikespelet är nu till helgen, det handlar väl om munkarna", säger Jan-Erik och hoppar av gräsklipparen för att ta en paus.

"OK, det låter intressant, jag kollar om det finns biljetter kvar. Jag kan åka hem lördag morgon istället."

En bybo kommer springande och meddelar andfått att det har varit inbrott i kyrkan. Eller rättare sagt i byggarbetarnas redskapsbod där nycklarna hängde, och som ger fritt inträde till sakristian där kyrksilvret förvaras. Jan-Erik får nu bråttom iväg för att montera hänglås på kyrkporten för att förhindra ytterligare brott. Kajsa blir ombedd att hålla ett öga på caféet under tiden och även efter misstänkta individer.

"Fahren Sie mit den Dampflokomotiv heute? "frågar en tysktalande besökare.

"Ja, selbverständlich. Wir haben vielen und grossen lokomotiv."

"Haben Sie Eis? "frågar en annan tysktalande besökare.

"Eis, jawohl! "Kajsa flyger upp för att expediera mannen.

"Können Sie bitte erzählen wo... ?"

På teater i Nydala

Traditionsenligt uppförs krönikespelet, *Det rika Nova Vallis*, vid klostret varje år i augusti. Hösten känns redan i luften och det blir fuktigt svalt fram emot kvällningen. Kajsa hade ringt till sin kusin Berit i Växjö, som glatt hade tackat ja till att följa med på friluftsteater. De har inte setts på ett bra tag så de har mycket att prata om under bilfärden. Längs den smala vägen som slingrar sig genom gran- och bokskogar och med en vidunderlig utsikt över sjön Rusken.

Läktaren är redan halvfull fast de kommer i god tid. Ska de sitta längst upp eller blåser det för mycket där? De enas om att det nog blir bäst i mitten, brer ut filtarna på bänken och slår sig ner.

"Att det skulle vara så mycket folk, det hade jag inte trott", säger Jan-Erik.

"Folk är kulturella även på landsbygden och man går på det som erbjuds", menar Berit, som själv är engagerad i bygdegårdsverksamhet.

"Det är nog tradition att gå varje år", tror Kajsa, "de flesta i byn har säkert någon i familjen som är med i spelet. Det har spelats 20 år! Och du som bor i grannbyn har aldrig varit på det tidigare? "

Hon buffar vänskapligt till brodern i sidan.

"Nää, det har inte blivit av", säger Jan-Erik. "Britta och jag var på väg en gång men…"

"Det är rätt typiskt. Det är när vi utsocknes kommer som det händer något."

"Haha, eller hur", skrattar Berit.

"Nu får ni vara tysta, det börjar!"

Kajsa läser i programbladet att handlingen är förlagd till 1300-talets Nydala, då klostret hade blivit mycket rikt och ägde stora egendomar.

Det innehåller scener som beskriver systemet med arrendeavgifter, vilka betalades i natura av bönderna och som bidrog till klostrets förmögenhet.

Krönikespelet inleds med en monolog där Gamle Ingar ser tillbaka på sin tid vid Nydala kloster. På de tvivel som han hade börjat känna som ung munk. Var det rätt att kräva in avrad från fattiga bönder? Var det verkligen i enlighet med ordensreglernas krav på enkelhet och fattigdom, då klostret blev rikare på befolkningens bekostnad? Hade han handlat rätt som gav sig iväg i vredesmod?

Publikens blickar riktas nu mot örtträdgården.

"Smaka på denna brygd, den är gjord på malört, salvia och timjan. Den är bra för oroliga nerver", säger Johannes där de står i örtagården.

Petrus tar en klunk och spottar fräsande ut.

"Tvi vale, det smakade riktigt illa", säger han. "Man måste vara bra nervig innan man dricker denna osmakliga sörja."

I nästa scen sitter munkbröderna i skrivarstugan.

"Petrus, du får kopiera detta köpebrev", beordrar abboten."Det ska vara klart till ikväll så det kan sändas med budet i tidig otta."

"Petrus, min broder, var är du?"

Ingen svarar. Publiken väntar med spänning på att något ska hända. Skådespelarna verkar också vänta och Kajsa observerar att de ser förvirrat på varandra. Har Petrus glömt sin replik eller rentav att han ska vara med i scenen? De finner sig dock efter en stund och spelet fortsätter.

"Nåväl, Petrus kommer inte. Han har kanske drabbats av tvivel igen. Vi kan inte vänta på honom längre. Johannes, du får ta över hans uppgifter."

I pausen skyndar Kajsa och Berit för att komma först i fikakön. Medan de står och mumsar på kokt korv med bröd och sörplar Festis kommer

Hans, som spelar rollen som munken Ingar, fram till dem. Kajsa hade träffat honom på genrepet som hon också hunnit gå på, och då berättat att hon skriver på en roman som delvis utspelar sig i trakten. Hon har nu fått en idé om att ha med pjäsen som en del av intrigen. Om det inte stöter på problem av upphovsrättsliga skäl? Det tror inte Hans och verkar positivt inställd, men lovar att återkomma då han inte har tid att prata mer. Han måste leta efter Petrus som inte dykt upp, eller rättare sagt skådespelaren Kalle.

När andra akten börjar har mörkret fallit och strålkastarnas ljus inramar spelscenen. Klosterkyrkan bildar en stämningsfull kuliss och medeltida orgelklanger ljuder. Resten av pjäsen flyter på utan fler manfall och skådespelarna får rungande applåder.

Kajsa smiter in i kyrkan som tjänar som omklädningsloge för teatersällskapet. De står och diskuterar med höga röster men tystnar när hon kommer in i logen.

"Vad bra ni var!" berömmer hon. "Minst lika bra som "Rosens namn!"

"Tackar, kul att du gillade det", säger en lång ljushårig kille. "Fast det saknades tyvärr en scen eftersom den där slöfocken Kalle inte orkade vara med. Eller han kanske fick scenskräck, haha."

"Men han blev ju sjuk!" utbrister Lisa, en av de kvinnliga skådespelarna. "Han kan väl inte hjälpa att han fick ont i magen heller? Skulle du kunna låtsas som om ingenting om du hade kraftiga magsmärtor?"

"Det är väl bara att ta en Ipren och bita ihop. Och han mådde hur bra som helst förut."

"Så Peter, du har aldrig haft maginfluensa och diarré nån gång?"

Killen som lystrar till namnet Peter rycker på axlarna.

"Han sa att det började efter han druckit örtdrycken," inflikar en annan skådespelare. "Men vanlig äppeljuice kan väl inte bli dålig, även om det är rötmånad?"

"Jaja, vi får väl kolla upp det", bestämmer Peter. "Men vi vet alla att Kalle är både hypokondriker och en latmask."

"Lite läskigt att han är sjuk ändå", säger Lisa.

"Är han allvarligt sjuk?"undrar Kajsa.

"Det vet vi inte, men i scenen skulle Kalle uttala en förbannelse över sitt öde och förneka Guds existens", förklarar Lisa. "Han berättade igår att han hade fått en varning. Att något hemskt skulle hända honom på teatern. Om han..."

"Lägg av, Lisa", avbryter Peter. "Kalle vill bara göra sig märkvärdig. Han inbillar sig nog att han ska bli headhuntad till Dramaten efter det här, haha."

"Fy, vad du är elak! Du tror ju själv att du är Persbrandt!"

Peter himlar med ögonen och skakar på huvudet. Lisa blänger ilsket på honom medan de andra i sällskapet är tysta och verkar inte vilja ta parti för någondera av dem.

"Hoppas er kollega tillfrisknar", säger Kajsa. "Det var i alla fall jätteroligt att se krönikespelet och ni var alla så proffsiga!" Hon skyndar därifrån, tänker att det är bäst att låta dem reda upp sina interna konflikter själva.

Tidigt på lördagsmorgonen styr Kajsa kosan mot Oskarshamn och färjan till Gotland. Lämnar klostret och järnvägen för denna gång men i tankarna är hon kvar i Småland. Hos abboten Arvid och de andra munkarnas öde.

Kap. 3 Jean: Munken på den långa färden

Våren lät vänta på sig detta år och Jean fick skjuta upp sin resa gång efter annan. Vädret måste bli gynnsammare och vägar framkomliga, dessutom trivdes han hos bondeparet på Svenamogården. Jean visade sig vara stark och seg, trots att han var kortväxt och spensligt byggd. Han var också mycket kunnig om växter så bonden var nöjd att få extra hjälp i åkerbruket. I utbyte fick han tre goda mål mat om dagen och en skön sovplats i gäststugan.

Han höll även lektioner i läsning och kristendom med Elfrida. Jean fick erkänna för sig själv att det var de bästa, kvällstimmarna då han satt och berättade om Jesu liv. Elfrida lyssnade uppmärksamt och såg tillbedjande på honom med sina milda blå ögon. Hon hade lätt för att lära sig utantill och rabblade snart upp alla profeter och lärjungar som ett rinnande vatten. De vanligaste latinska fraserna lärde hon sig också och hälsade numera med "pax et bonum" så snart hon stötte på någon människa. Det var emellertid inte särskilt många som besökte dem så det blev lite tjatigt i längden för gårdsfolket.

Att Elfrida var förälskad i Jean kunde vem som helst se, och hennes föräldrar kände en viss oro för sin dotter. Inte för att de hade något emot Jean. Tvärtom, de hade också fattat tycke för den unge mannen. Men de visste att det var otänkbart för honom att hysa annat än vänskapskänslor för Elfrida, då han som munk svurit kyskhetsed och ämnade bege sig till nästa kloster så fort tillfälle gavs. De var vana vid att dottern lätt fick starka känslor och kunde uppslukas av det hon för tillfället blev intresserad av. Föräldrarna hoppades därför att det skulle vara en övergående förälskelse och att hon skulle glömma honom så snart han farit sin kos. De ville inte hindra dem att umgås så länge han var kvar på gården, då de litade helt på att Jean inte hade några andra avsikter än att förkunna Guds ord. Och dottern såg så glad ut och den surmulna minen hon kunde ha ibland var som bortblåst.

Jean hade nu ingen större erfarenhet av att umgås med kvinnfolk förutom med sin mor och sina systrar, vilka han hade lämnat i de tidiga ungdomsåren. Jean fick ibland en stor lust att stryka Elfridas mjuka hår eller smeka hennes vita armhull, fast han visste att han endast fick hysa platonsk kärlek för henne. Jean tyckte att hon var vacker som en ängel med sitt blonda hår och han hade ju inget annat att jämföra med. Han fantiserade om hennes nakna kropp när han befann sig i gränslandet mellan dröm och sömn. Han bet ihop och stod ståndaktigt emot begären och motade bort de oheliga tankarna.

Jeans uppväxt i Frankrike

Jean drömde sig istället tillbaka till de lavendelblå fälten i Provence, där han som liten pojke hade tillbringat somrarna hos farföräldrarna. Han hade badat, fiskat och jagat tillsammans med sina kusiner hela dagarna. Han skrattade till för sig själv då han mindes en gång när de hade gillrat en fälla för kaniner och hans argsinta faster hade fastnat i den istället. Det hade emellertid blivit ett abrupt slut på de sorglösa sommarvistelserna, då Jeans far hade hastigt insjuknat i tyfus och dött.

Det blev stor sorg och hela Jeans tillvaro vändes upp och ned. Fadern hade skapat sig en betydande förmögenhet i textilhandeln och familjen hade levt ett tryggt liv i Paris. Nu blev Jean inte bara faderlös, utan även byxlös. Fasterns girige make som hade varit faderns bokhållare lurade till sig hela arvet, och modern blev tvungen att ensam och med få penningar försörja sina fyra barn. Jean var äldste sonen och hade visat stor begåvning i skolan. Modern såg ingen annan råd än att skicka Jean till Clairvaux-klostret där han förutom andlig daning skulle få kost och logi. Det var ett smärtsamt beslut då hon visste att hon troligen aldrig skulle kunna få träffa sin son igen.

Jean hade inte varit den mest fromme av noviserna men han var läraktig och nyfiken. En dag under vespern förkunnade abboten att en munk skulle skickas till klostret Nova Vallis. Det hade kommit bud om

26

att de behövde en ersättare för en äldre broder som skulle gå i pension, då han inte längre orkade delta i klostrets stränga gudstjänstordning.

"Var ligger det där klostret?" frågade Albertus, en av noviserna.

"I det höga Norden, i riket Sverige. Har vi någon frivillig som vill bege sig dit och sprida Guds ord?"

Det blev knäpptyst i salen. Alla tittade stint ned i sina bönböcker.

"Albertus? frågade abboten uppfordrande. "Skulle det inte passa dig?"

"Med all respekt, abbot," svarade Albertus. "Om det hade varit något av systerklostren i vårt frankiska rike hade jag inte tackat nej, men jag vill inte åka till det där kalla och ociviliserade landet i världens utkant. Jag förstår inte varför det ska vara nödvändigt att instifta kloster i de avlägsna trakterna. Jag har hört att människorna är vildsinta, allmänt otrevliga och primitiva som aldrig tvättar sig. Huu."

"Albertus, du känner till Bernards direktiv", tillrättavisade abboten strängt. "Vi ska sprida den rätta läran genom att driva kloster på platser i många länder. Helst så långt ute i periferin som möjligt. Men jag respekterar ditt avböjande, jag ser helst att vi skickar någon som frivilligt och med den rätta övertygelsen åtar sig uppdraget."

Han såg ut över sina lärjungar och blicken fastnade på en mörklockig yngling som satt och smygläste i en flora. En av hans favoriter bland noviserna som han ogärna ville släppa iväg, men måste som abbot göra avkall på sitt egenintresse.

"Jean?"

Pojken hoppade till då han inte var beredd på att bli tillfrågad. Skruvade nervöst på sig i bänken. Å ena sidan lät det spännande att fara iväg till ett okänt land. Han var alltid pigg på nya äventyr och tyckte inte att det lät så farligt med hygienen. Å andra sidan skulle han

27

sakna sin bäste vän Albertus. Och den nordiska kylan lockade inte precis. Han bad att få sova på saken. Jean meddelade sitt beslut vid nästa dags tidiga morgonbön."Accipit, jag beger mig till detta avlägsna kloster Nova Vallis. Au revoir!"

Jean lämnade Frankrike och styrde kosan norrut tillsammans med ett par lekbröder. Det var en mödosam vandring genom det stora tyskromerska riket, där de följde vägarna längs floderna för att hålla rätt kurs. Lite mindre ansträngt blev det när de korsade det platta danska riket, men i gengäld fick de hålla sig undan för alla kringstrykande tjuvar och tiggare. De nådde Malörtsdalen (alltså Sverige), framåt höstkanten, och Jean kom till Nydala lagom till sin tjugonde årsdag.

Han blev där väl mottagen av klostrets munkar, särskilt av abboten Arvid som tog honom under sina vingars beskydd. Även om han stundom kände en längtansfull saknad till sitt fädernesland kom han att trivas riktigt bra i Smålanden. Hade trott att han skulle få leva där resten av sina dagar i lugn och frid, men livet hade återigen tagit en annan vändning och han befann sig nu vara både hemlös och på flykt.

Genom Smålands mörka skogar

Efter drygt tre månader på Svenamo gård kunde Jean äntligen bege sig iväg. Det var barmark och tillräckligt milt för att klara av en längre vandring. Han packade sin ränsel med färdkost och ett ombyte kläder. Han hade både karta och kompass i midjepungen och färdplanen klar för sig. Han skulle gå österut tills han nådde det stora Österhavet. Där skulle han vänta på ett skepp som skulle segla till Gotland. "Det låter inte alltför svårt, jag som tagit mig ända från Frankrike till Småland", tänkte Jean och tog farväl av det vänliga bondeparet.

Elfrida stod på förstukvisten och grät hejdlöst. Hon var övertygad om att Jean var hennes tilltänkte, och hon skulle vänta på honom. Hon brydde sig inte om det faktum att han var munk. Det skulle aldrig finnas någon annan man för henne. Det var då hon tog beslutet. Om inte Jean skulle komma tillbaka tänkte hon bli nunna istället.

Jean tyckte också att det var ledsamt att lämna den ljuva Elfrida, men lovade att komma tillbaka och hälsa på henne så snart tillfälle gavs. Samtidigt var han förväntansfull inför sin resa, och i tankarna redan på Gotland. Han begav sig iväg med gott mod och travade på i rask takt. Genom täta granskogar, öppna landskap och gröna ängar. Förbi glittrande blå sjöar och svarta tjärnar. Tog sig ett svalkande dopp och åt lite av färdkosten. Han måste vara sparsam då han inte visste när det kunde bli tillfälle att proviantera nästa gång.

Efter att ha gått en hel dag blev han trött i benen och det gick långsammare och trögare. Det kändes som om han inte längre rörde sig framåt. Samma eviga granar och tallar hela tiden. Hade han inte nyss gått förbi den där bergknallen?

Det började skymma. Han var tvungen att stanna för att han hade så förbaskat ont i fötterna. När han fått av sig skorna upptäckte han rejäla skavsår. De enkla skinnsandalerna var inte direkt lämpade för långa fotvandringar, han skulle förstås ha skaffat sig sådana där bekväma Goretex-kängor. Han beslöt att hitta ett nattläger eftersom det ändå var för smärtsamt att gå. Han hann knappt lägga sig ned i granriset förrän han föll i djup sömn.

Jean vaknade med ett ryck nästa morgon av att det droppade på näsan. Såg sig yrvaket och förvirrat omkring. Innan han mindes att han inte längre var varken i klostrets trygga vrår eller hos det gästvänliga bondeparet. Utan i en skogsdunge någonstans i det vidsträckta Småland. Typiskt att det skulle börja regna. Han samlade raskt ihop sina pinaler och sökte skydd under en tät gran.

Han skulle precis packa upp sin matsäck för lite frukost, då han hörde hur det knakade till bakom honom. Innan han hann vända sig om för att se vad det var fick han ett slag i huvudet. Han stöp huvudstupa men landade lyckligtvis i den mjuka mossan. Han hade blivit varnad för dem, att de höll till längs landsvägarna. En stor och ful stråtrövare stod lutad över Jean och blängde ondskefullt, och försökte slita till sig

29

hans ränsel. Jean höll krampaktigt i den men orkade inte till slut hålla emot. Rövaren var starkare och Jean ramlade igen när han tappade taget.

"Snälla, du kan ta min mat, men ge mig kartan!" skrek han efter rövaren. "Hur ska jag annars hitta till gutarnas ö?"

Rövaren grinade elakt, ryckte på axlarna och försvann in i skogen med sitt byte.

"Knävla bajskorv," svor Jean.

Han hade dock inget annat val än att fortsätta sin mödosamma vandring, fick försöka hitta utan några hjälpmedel. Jean var så hungrig att han skulle kunna äta upp en hel kanin. Bara han fick tag i en. Han började misströsta om sitt företag och var nästan benägen att ge upp. Varför hade han kommit på en så idiotisk idé som att bege sig till Roma? Visserligen hade han hört genom de brev som abboten brukade läsa upp hur vackert och märkvärdigt allt var på Gotland. Fast det var inte säkert att det var så fantastiskt som det beskrevs.

Det hade gått många rykten om hur hemskt landet norröver skulle vara, men riktigt så farligt hade det ändå inte varit. Visst var det isande kallt på vintrarna när snön låg i drivor på klostergården. Fast människorna var inte alls så vildsinta och otrevliga som det hade sagts. Inte luktade de så fasligt illa heller. Jean tänkte att man nog inte ska tro på alla rykten, det kan vara överdrivet åt än det ena eller andra hållet.

Ett gnisslande ljud bröt tystnaden. Jean kastade sig ner för att ta skydd bakom en sten. Han ville verkligen inte råka ut för ännu en rövare. Han kikade försiktigt upp och såg en ensam man på kuskbocken. Vågade sig därför fram, ställde sig mitt på vägen och vinkade matt. Ekipaget stannade och kusken drog fram en träpåk, beredd att försvara sig och sin vagnslast.

"Vem är du? Vad vill du?" röt mannen.

"Jag är munk och vill dig inget ont. Jag är på väg till Kalmar stad. Ha förbarmande gode herrn, kan jag få åka med en bit?"

Kusken betraktade Jean misstänksamt, men insåg att den unge mannen var i så eländigt skick att han knappast kunde utgöra något hot. När han förvissat sig om att det inte var något bakhåll hjälpte han Jean upp på vagnen. Bonden berättade att han skulle till Växjö stad för att sälja sina varor på marknaden.

"Du får ursäkta om jag verkade lite brysk nyss", sa bonden. "Men man måste alltid vara på sin vakt, det dräller av rövarpack häromkring. Växjö är gränsstad mot Danmark och det är mycket handelstransporter till och från staden. Det drar förstås till sig tjuvar av alla de slag."

"Det är lugnt. Jag blev själv attackerad av en rövare, han tog både min karta och mat."

"Du kan skaffa färdkost när vi kommer till staden, och säkert hitta en ny karta också."'

De for förbi byn Råshult och bonden pekade på ett enkelt stenhus.

"Där kommer en av våra mest kända vetenskapsmän att födas och växa upp."

"Hur kan du veta det? Är du synsk?" undrade Jean.

"Jag känner det på mig bara. Han kommer att samla växter och djur och namnge dem. På både latin och svenska. Han kommer att utveckla ett system som alla i hela världen kommer att använda."

"Jag samlar också på växter", sa Jean."Och jag brukar också hitta på egna namn. Fast jag kommer nog inte att bli berömd," tillade han med en dyster min.

De kom fram till Växjö framåt eftermiddagen. Husen låg utspridda runt den stora Helgasjön, men staden var mindre än vad Jean hade förväntat sig efter bondens historier. De stannade till för att han ville visa borgen, Kronoberg, som låg ute på en holme i sjön. Biskoparna i Växjö hade först byggt den som sin huvudgård, och den hade blivit förstörd och uppbyggd i stridigheterna om Kalmarunionen. Bonden berättade vidare att på vintern hölls det marknader på sjöarna i trakten när isen lagt sig.

Jean gick runt och såg storögt på allt som salufördes på stadens marknad. Skinn, redskap, kryddor, bröd. Med bondens hjälp köpte han mat som skulle räcka några dagar och en ny karta. Nu skulle han väl inte gå vilse igen. Efter en god natts sömn på värdshuset var han utvilad och kände sig åter redo. Hans vanliga optimistiska livsmod var tillbaka.

På havets vågor

Jean tog avsked av bonden och fortsatte sin färd. Han slog följe med allmogehären som var på väg mot Kalmar. När de hade kommit en bit från stadsgränsen gjorde de halt. Förklarade att han fick ta sig till hamnen på egen hand. De varnade honom för att Kalmar var en belägrad stad, mitt i skottgluggen mellan det danska och svenska riket. En amiral vid namn Sören Norby satt på slottet vilket han hade erhållit som förläning av kung Kristian.

När Jean fick höra det förhatliga namnet Kristian blev han upprörd. Han skakade i hela kroppen av både ilska och rädsla. En förtrogen som tillhörde den skoningslöse kungens närmaste män var säkert lika hemsk. Det var bäst att vara mycket försiktig och inte röja varifrån han kom eller vart han skulle. Han måste vara på sin vakt och kunde inte lita på någon.

Jean hade fått råd av bondesoldaterna för hur han skulle kunna ta sig sjövägen till Gotland. De hade lyckats få vetskap om att en skonare skulle hämta proviant från Visby, då staden Kalmar hade stor brist på förnödenheter. Han fick tips om att leta upp en kunskapare vid namn Botvid och ikläda sig rollen som dennes medhjälpare.

Det var inte lätt med de vaga beskrivningar som han fått att hitta denne Botvid. Men efter att ha irrat omkring i stadens gränder lyckades han till slut komma till huset, där han enligt utsago skulle befinna sig. Knackade på dörren och blev insläppt av en ung pojke. Kunskaparen själv satt och studerade några skrifter och gjorde sig ingen brådska med att ta emot Jean. En god stund gick innan han tittade upp och yttrade något.

"Så, vad föranleder en ung munk att vilja ta sig till Gotland i dessa bistra tider?"

Botvid synade Jean med en min som om han snarare misstänkte att denne skulle vara en förrymd brottsling än en fridsam munk.

"Jag har fått en tjänst i Roma kloster", ljög Jean.

"Så pass. Nå, du kan väl komma till nytta på överfärden, jag behöver någon som kan gå igenom mitt material inför ett viktigt uppdrag."

Botvid verkade vara en osympatisk viktigpetter, tyckte Jean, men hade inget annat val än att göra som han blev tillsagd. Den första uppgiften var att bära alla hans tunga koffertar till fartyget.

Jean hade inte någon större sjövana utöver seglingen över sundet och några fisketurer på Rusken. Han kände därför stor spänning och förväntan inför resan med den ståtliga kogg som låg för ankar i hamnen.

Strax kastade de loss och de stora seglen fylldes med vind. De gled sakta ut ur hamnen och fick snart upp god fart. Jean vände ansiktet mot solen och njöt. En kort stund i alla fall, innan det var dags att göra skäl för sin fribiljett. Han skulle utföra en del administrativt arbete åt kunskaparen. Fast han var ändå glad att han slapp klättra upp i masten. Han tyckte inte om att befinna sig på höga höjder och led av svår svindel. Han hade varit tvungen att ta sig upp i kyrktornet en gång för att klockan hade kärvat och varit nära att falla ned. Han föredrog därför att sitta nere i den trånga och illaluktande trossen och hålla på med tråkiga räkenskaper.

Han studerade noggrant menyn. Köttbullar lät gott. Han hade aldrig hört talas om öjburgare så det vågade han inte testa. Han kände sig fortfarande lite kymig i magen efter att ha blivit bjuden på värdshusets svartbröd och mögliga fläskbitar.

Efter att ha intagit middag och gjort sitt dagsverke vilade han ut i sin hängmatta. Tänkte tillbaka på sin tid i Nydala. Om livet i klostret, som hade bestått av både hårt arbete och fin gemenskap. Jean hade haft ansvar för köksträdgården och fått en ny god vän i Jakob. Han grät en skvätt när han tänkte på honom. Och på Arvid, som för honom verkligen hade blivit den fadersgestalt som en abbot skulle vara. Någon som både lyssnade och vägledde, gav honom trygghet.

Han funderade på vad som nu låg framför honom. Vilket liv väntar honom på Gotland? Hur skulle det bli att bo på en ö? Fanns det skog där? Var det så annorlunda som alla sa? Hurdana var gutarna till sitt kynne? Hur kommer det att vara i det nya klostret?

Tankarna snurrade i hans huvud, men snart slumrade Jean ändå in till fartygets lugna vaggande. I drömmen dök Elfrida upp, hon stod och vinkade sorgset till honom.

Mitt i natten vaknade Jean av att han ramlade ur hängmattan. Fartyget krängde häftigt. Han hörde rop och skrik från däck. Han började må illa, kräktes tills det inte fanns något kvar i magtarmen. Antagligen hade han ådragit sig en dödlig sjukdom. Eller så skulle det sluta med drunkningsdöden om farkosten förliste i de vildsinta vågorna. Han insåg att han aldrig skulle komma fram till Roma. Han gjorde sig beredd att möta sitt öde och dö ute till havs. Vilken osis.

Kap 4 Kajsa: Kärlek och arbete

På jobbet

Kajsa har nu varit en tid på biblioteket i Visby och trivs bra med sitt jobb, även om hon ibland kan bli trött på krånglande utskriftssystem och nya rutiner. Nu har hon fått hoppa in som programsamordnare igen, och försöker hinna ta hand om alla bokningar som väller in via mail och telefon. Hon sitter i ett möte med en representant för FNG. Fria Nationalistiska Gotlänningar.

"Vi vill inte ha några invandrare till Gotland!"

"Inga alls? Eller jag antar att du syftar på vissa folkslag? Som araber eller afrikaner?"

"Nä, jag menar inga stockholmare. De kommer hit, tar våra hus, jobb och kvinnor."

"Jamen, om det inte vore för inflyttade stockholmare skulle ön bli avfolkad. När ungdomarna drar till fastlandet blir det bara pensionärer kvar. Och vem ska då ta hand om gamlingarna när de inte längre klarar sig själva? Många nyanlända är entreprenörer som startar cocktailbarer och bygger lyxiga campingkojor. Det skapar många arbetstillfällen för lokalbefolkningen. Har du tänkt på det?"

"Förvisso, men de stora pengarna hamnar ändå i stockholmarnas egna plånböcker. Och hur många betalar fastighetsskatt för sina sommarhus som de bor i halva året? Jävla nollåttor."

"Jo, det kan jag väl hålla med om att det är dåligt. Fast det är väl ändå inte så vanligt att de skaffar sig gotländska partners? De flesta är hemvändare och kommer med redan bildade familjer. Alltså inte bildade familjer i bokstavlig mening."

"Det är vanligare än vad du tror. Det finns ett stort mörkertal".

"OK. Men om ni ska ha ett evenemang på biblioteket måste det vara en debatt med en motpart för balansens skull. Därför har vi bjudit in FFFFAG-partiet. Feministiskt Fritt Fram För Alla Gotland."

Mannen från FNG slänger på luren i örat på Kajsa, efter att ha dragit en lång harang om feminister i allmänhet och gotländska sådana i synnerhet.

Det är verkligen inte lätt att tillmötesgå kraven från alla håll, suckar Kajsa för sig själv. Hon försjunker i sitt missnöjda och uppgivna ältande som hon emellanåt hamnar i.

Kajsas klagovisa:

Ledning - ännu en ny chef. Sju sköna chefer på sju sköra år var en limerick hon brukade dra. Kollegerna var säkert trötta på den vid det här laget. Då drog hon istället „Chefer och karlar kommer och går, men goda vänner och arbetskamrater består"

Planering - ny agenda, fast regionen har inte råd att förse oss med analoga kalendrar längre. Vi måste ha ett årshjul, även om tiden går ändå. Här ska inte gamla grejer sparas i onödan. Ingen historik bakåt, bara levande dokument. Som schemat. Men hallå, vi ska ju nätverka och behöver kontaktuppgifter.... Nej, nej, inte spara personuppgifter, vi måste följa GDPR!

(Om)organisation? - Nä, det är bara en översyn. Eller kartläggning. Lite justeringar här och där. Nu slår vi ihop alla till en större avdelning. Eller kanske vi ska dela upp i mindre enheter? Ämnesindelning är förlegat, nu ska vi ha en annan struktur. Eller i alla fall struktur. Inga stuprör vill vi ha! Matris är bra. Eller processinriktat. Hela livet är en process. Eller ett projekt, beroende på

hur man ser det. Nu ska vi jobba i arbetsgrupper efter uppdrag. Nej,
nu ska vi dela in personalen tvärgående i team. Hallå, vi har haft
tvärgrupper tidigare… Nu blickar vi framåt, don´t look back!

Trender - vi i den offentliga sektorn måste hänga på alla. Även om
näringslivet redan har skippat de nymodigheter som var värdelösa.
Som det knapplösa kontoret. Jag menar det terminallösa knullet.
Förlåt, det neutrala flexkontoret. Det är i alla fall bra med
aktivitetsbaserat. Först till kvarn, pax för skrivbordet med havsutsikt!
Hela havet stormar.

Disken - en källa till konflikt. Tänk om det kommer en låghalt,
enarmad, halvblind och lomhörd person? Eller en transsexuell som
bara talar minoritetsspråk? Vi måste prioritera våra prioriterade
grupper! Men alla andra då? De kan klara sig själva. I alla fall de vita,
medelålders, heterosexuella medelklassmännen. Fast det kan de ju inte!

Bemanning - vem ska stå i disken och hur länge? Backoffice, sitter
man liksom bakom kontoret och är beredd på utryckning? Nej, inte
sitta på kontoret och uggla! Inre tjänst är förlegat, vi ska röra oss mer i
biblioteksrummet. Vi ska vara mobila bibliotekarier. Helt i linje med
att vi nu satsar på ny mobil biblioteksverksamhet. Men, bokbuss har vi
haft jättelänge, och boktilen drogs ju in för att spara…Kajsa, inte älta
om hur det var tidigare! Vi ska inte göra som förut, även om det
fungerade bra.

Återvinningsstationer – nödvändigt enligt nya miljöföreskrifter men
inte särskilt estetiskt. Kommer folk att fatta i vilket fack de ska slänga
sitt skräp? Särskilt de stackars utländska studenterna? Orkar de
bortskämda ungdomarna gå och lämna sin kaffemugg? Men barnen
då? Barn är våra prioriterade målgrupper! Men inte deras föräldrar,
nog orkar de gå med blöjor och bananskal 25 m. Det luktar…bajs.

I hemmets lugna vrå

Efter att ha farit fram och tillbaka med båt och flyg några år tröttnade
Kajsa och Micke. Inte på varandra, men det blev för slitigt att ha ett

distansförhållande. Särskilt när ett hav eller ett luftrum måste korsas för att kunna ses. De hade träffats när Kajsa hade tagit sin tillflykt till Gotland efter att känt sig hotad på sitt förra arbete på Kungliga biblioteket. De hade blivit förälskade och inlett en relation som särbos då Kajsa bodde i Stockholm och Micke på ön.

Det hade inte skett några allvarliga händelser på Kungliga biblioteket sedan kulturarvsroboten löpt amok. Det var bara de små slavrobotarna som for omkring och ställde till viss oreda. De var programmerade att sätta upp böcker efter hyllsignum, men det blev ofta fel. Ja, de var väl mänskliga på något sätt. Men Strindbergs ande fortsatte att emellanåt trakassera Kajsa. Hon hade vant sig vid hans spratt och tänkte att han hade väl tråkigt, stackarn. Hon kände ändå att det var dags för förändring och omväxling. Eftersom Micke var bunden vid jord och djur blev det Kajsa som fick ta beslutet att flytta till ön. Hon hade varit tveksam till en början, men har så småningom vant sig vid tvåsamheten och den lantliga idyllen.

Lammgården är stor som de flesta gårdar är på Gotland med flera lador och uthus, och hade gått i arv i tre generationer Jakobsson. Den låg i ena änden av Darlingbo som hade utsetts till årets socken 2015. Förutom en kyrka fanns det en restaurang vilken ansågs som en av öns främsta besöksmål för gourmander. Givetvis finns det även en skeppssättning, och flera andra arkeologiska fynd visade att det hade funnits bosättning från tidig järnålder.

"Ska vi gå på bio ikväll?" föreslår Kajsa vid frukostbordet en vanlig lördag.

"Hmm," svarar Micke utan att ta blicken från sin mobil. "Fast det är många fler filmer att välja på nätet."

"Vadå nätet, det är olagligt att ladda ner", menar Kajsa. "Och det var ett tag sen vi gjorde något utanför hemmets väggar. Restaurang och bio, det blir väl trevligt?"

Micke ser inte lika entusiastisk ut.

"Det blir billigare med hämtpizza, jag kan ta med på vägen hem från hemvärnsmötet."

"Mää, då blir det ju som vanligt", invänder Kajsa.

"Så kan vi mysa i soffan", säger Micke och ger henne en kyss i nacken. "Blir inte det bra? Jag kan massera dina fötter."

Var det något som Kajsa var svag för så var det just fotmassage. Det visste Micke och drog alltid fram det trumfkortet för att få sin vilja igenom.

"Vi har skjutövning på söndag förmiddag så jag vill inte bli sent i säng heller."

"Ja,ja", mumlar Kajsa. "Nu föreslog jag ju inte att vi skulle gå på nattklubb. Men då får det bli en riktigt bra film."

"Vad vill du se då?" Micke vill visa lite god vilja när han förstår att Kajsa blir besviken. "Senaste "Fast & Furious" ska vara bra."

"Nää, ingen action, med massa terrorister, obegripliga biljakter och explosioner, som man inte fattar hur det hänger ihop."

"Komedi då? "My greek wedding" har fått 4 av 5 getingar."

"Ja, då kan man räkna ut hur rolig den är. Säkert exakt likadan som alla andra menlösa amerikanska komedier. Jag vill ha en rolig OCH intressant film!"

"Ja, men kom med förslag själv då", säger Micke med lätt irritation i rösten. "Bara inte sån där som du brukar välja, något franskt pretentiöst där de sitter timtals och ältar om sina relationer."

"Får jag kolla?" Kajsa tar datorn från honom.

Efter att ha ratat ett antal filmer kommer de äntligen fram till ett gemensamt val som de båda kan acceptera. Actionkomedi om en författare som tas som gisslan, och som blir befriad av en utomjording. Utomjordingen spelas av Brad Pitt vilket Kajsa ändå anser uppväger den tunna handlingen. Pizzan från Romabrunnen har en perfekt tunn botten och utsökt fyllning, och de delar på en flaska gott vin. Pratar lite djupare än om det vardagliga praktiska. Som vart de ska resa på semestern om det skulle gå att få en avbytare. Eller om de ska stanna hemma, Gotland är ändå härligt på sommaren, och istället satsa på nytt tak till ladugården.

Kajsa har vid detta laget insett att en 100-procentig soulmate är svår att hitta, och bestämt sig för att nöja sig med good enough. Micke är snäll, omtänksam och ser bra ut. Allmänbildad och smart. I alla fall när gäller motorer och andra tekniska företeelser som hon själv har svårt att greppa. Någon som kan fixa sådant som hon inte klarar av på grund av bristande styrka. Eller orkar göra för att det är så himla tråkigt. Läsa manualer för att montera en hylla. Installera nytt program på datorn. Flytta tunga saker. Byta till vinterdäck. Åka till återvinningen. Kajsa drar sitt strå till lasset genom att laga hyfsat god mat, städa och diska. Har god fallenhet för att planera och organisera. De kompletterar varandra helt enkelt och har för det mesta trivsamt ihop.

Efter middagen ligger de hopslingrade på soffan och småhånglar. Efter knappt halva filmen börjar det. Snarkningarna. Hon puttar till honom i sidan.

"Nu när vi har valt en film tillsammans, då kan du väl inte somna heller!"

"Nä, förlåt", mumlar Micke och rycker upp sig. Snart är han igång igen. Kajsa ser på honom och resignerar. Filmen är underhållande och om han nu är så himla trött är det bäst att låta honom sova. Annars kommer han istället vara på morgonsurt humör nästa dag.

Kajsa är engagerad i olika föreningar på fritiden och får nya uppdrag. Blir invald i den ena styrelsen efter den andra. Hon misstänker att det inte är för att de tycker att hon är särskilt begåvad eller lämplig. Utan för att det helt enkelt inte är så lätt nuförtiden att engagera folk till ideellt föreningsarbete. Om det inte gäller missing people eller liknande som får uppmärksamhet i media. Skriva långrandiga protokoll, sitta i valberedningen eller stå på marknader i snålblåst är inte lika populärt.

Micke är även han ofta iväg på övningar och möten i Hemvärnet. Söndagar är det skjutningen på Tofta. Eller så är det jaktlaget. Det blir ofta sena kvällar innan han kommer in från ladugården. Alltid är det något med djuren eller någon maskin som behöver tillsyn. Efter maten och Rapport är det nästan sängdags, i alla fall under de mörka vintermånaderna, så det blir sällan några djupa och förtroliga samtal.

"Idag har det varit riktigt körigt", berättar Kajsa. "Hälften av personalen ligger hemma i influensa och det är vikariestopp. Vi fick stänga en disk och folk har ingen ködisciplin. De är så stressade och stackars Lotta blev utskälld av en oförskämd dam. Fast hon hade sprungit fram och tillbaka som en tetting för atfixa en jäkla kopia åt kärringen."

"Låter jobbigt", säger Micke, halvt frånvarande då han samtidigt bläddrar i senaste numret av Land.

"Vad har du gjort idag då?" undrar Kajsa efter att ha lassat in falukorv.

"Inget särskilt. Eller jag menar, det vanliga."

Han reser sig och sätter in sin tallrik i diskmaskinen. Utan att skölja av den, som vanligt. Sen går han in och sätter på TV:n, lägger sig i soffan. Kajsa sitter kvar en stund innan hon med en suck dukar av resten. Stoppar in en cd med Rachid Taha i stereon för att pigga upp sig. Åh, han är så bra. Och snygg. Skulle inte tackat nej om han råkat komma förbi, tänker hon och tar några danssteg.

"Kan du sänka lite?" ropar Micke från soffan. "Måste du nödvändigt spela den där arabmusiken nu, jag hör inte vad de säger."

Kajsa blir sur. Får man inte spela sin favoritmusik nu heller? P2 med klassisk musik på lördagsmorgnarna är otänkbart. För då ska han lyssna på Radio Gotland. Får inte missa, för tänk om det har hänt något på ön. Eller så ska han lyssna på sin tråkiga countrymusik,

41

samma låtar hela tiden. Eller de låter likadant i alla fall, samma brutna stämmor och gnälliga steelguitarslingor.

"Ska jag köpa den röda eller svarta jackan?" Kajsa sticker katalogen framför Mickes näsa. "Jag har så mycket svart och det skulle vara lite coolt med en röd."

"Ja, men ta den då, den är fin."

"Fast svart passar till allt. Det är mer praktiskt."

"Ta den svarta då."

"Fast rött..."

"Men herregud, det handlar om en jacka, inte om en ny bil! Att du ska ha så svårt att bestämma dig!"

Kajsa är väldigt velig och har svårt att ta beslut, det kan hon villigt erkänna. Hon hade läst en artikel av någon känd psykolog att det berodde på att man var rädd för att ta fel beslut. Det var just det, tänk om det skulle vara bättre med en röd jacka? Eller om hon skulle vara snyggare i svart?

"Du vet, Lisa på mitt jobb. Hon har varit gift med Lasse, och de skilde sig för tre år sedan. Och sen när de hade köpt huset…"

"Vilka hade köpt?"

"Men det som jag berättade igår, att Lisa har träffat en ny karl och.."

"Men du hoppar ju fram och tillbaka hela tiden. Kan du inte bara ta det väsentligaste?"

"Ja, men allt hänger ju ihop. Om inte de hade… så hade inte…."

"Du är verkligen bra på att göra en kort historia lång", säger Micke. "Och invecklad."

"Jaha", säger Kajsa. "Och du är verkligen bra på att inte berätta någonting alls. Du talar aldrig om hur du har det på jobbet. Eller när du varit på övningar och möten."

"Det gör jag väl", försvarar sig Micke. "Men om det inte händer något särskilt är det väl inget att prata om."

Kajsa sätter sig med den bärbara datorn vid köksbordet. Lägger upp en fin bild på Facebook hon tagit på de gulliga lammungarna i motljus, för att få sitt bekräftelsebehov tillgodosett. Svarar på ett jobbmail. Läser en längre artikel om en debuterande författare som skrivit en fantasyroman som utspelas på Gotland.

"Va?!" utropar Kajsa så högt att Micke vaknar ur sin kvällsslummer.

"Vad är det? Vad gapar du om?"

"Det står på Värnamo Nyheters sajt att krönikespelet är inställt!"

"Vilket spel? Jaha, det du var på när du var hos din brorsa i Småland?"

"Ja, precis. Jag berättade ju att det var en av skådespelarna som blev sjuk under föreställningen. Och att de verkade så konstiga när jag pratade med dem."

"Lyssna här! "Nydalas teatersällskap tvingas att ställa in sina föreställningar på grund av sjukdom. Dessutom har originalmanuset försvunnit. Det fanns bara i pappersform, vilket kan tyckas anmärkningsvärt i våra digitala tider. De som inte var på premiären går tyvärr miste om ett av de trevligaste inslagen i Värnamotraktens kulturlandskap. Byalaget är förteget om händelserna men bekräftar att Kalle Persson har insjuknat i mystisk magsjukdom. Vad gäller det försvunna manuset hänvisar de till författaren. Han har dock inte kunnat nås för att svara på några frågor."

"Shit, vad obehagligt!" Kajsa tar sig för pannan och ser upprört på Micke.

"Vadå, att en teater har blivit inställd? Det är väl inte så farligt?"

"Nä, men om det låg något i vad tjejen Lisa berättade. Att han Kalle hade fått en varning eller blivit hotad, och så visar det sig att han faktiskt är riktigt sjuk. Och manuset är dessutom borta, och jag som frågade Hans om det..."

"Mmm, men det finns säkert en naturlig förklaring. Det mesta brukar ha det", lugnar Micke henne. "Vad blir det till middag imorgon?"

Kap. 5 Jean: Visby – staden som återuppstod

Jean står vid relingen och blickar inåt land. Den bastanta koggen har klarat sig igenom stormens raseri och så har även Jean. Det visade sig inte vara någon livshotande sjukdom som han hade drabbats av, utan bara ren djävulsk sjösjuka. Han mår redan lite bättre och äntligen närmar de sig land. Nu kan ringmuren skönjas som omfamnar och skyddar staden.

Kyrktornen reser sig högt i skyn och kalkstensklipporna lyser vita i solskenet. Slottet Visborg vakar över staden, där den danske länsherren huserar. Är detta Vineta? Staden som sjönk i havet, men som reste sig upp igen för att stanna i ljuset. Är det mina drömmars stad? tänker Jean helt betagen av synen. Nja, möjligen på behörigt avstånd skulle det visa sig, då man inte såg dess skavanker.

Jean hade lärt känna en trevlig rorsman som dunkar honom vänskapligt i ryggen och önskar honom lycka till på hans fortsatta färd. Kunskaparen Botvid tar avmätt farväl och har bråttom iväg. Jean står ensam kvar vid hamnen och är alldeles snurrig i huvudet. Skönt att stå på fasta marken, men det gungar fortfarande inombords då kroppen vant sig vid havets rörelser.

Så många människor på samma plats. Alla verkar upptagna med något när han försöker fråga efter vägen. Arbetare som bär gods till och från fartygen, kvinnor som säljer matvaror från korgar eller sina kroppar. Handelsmän som har blicken riktad ovanför Jeans huvud, och går rakt på honom som om han är osynlig så att han nästan faller omkull. Hallå, min far var inte glasmästare! Alla pratar högljutt på olika tungomål, han kan uppfatta tyska och svenska. En del låter lite som småländska, men det mesta är helt obegripligt.

Nå, här kan han inte bli stående. Han vill komma fram till sitt mål så fort som möjligt och måste ta reda på bästa sättet att ta sig dit. Det är klart att folk på ön måste känna till det anrika klostret. När de får höra att Jean är munk så blir de nog förvånade. Och förhoppningsvis lite hövligare. Han börjar sakta gå in mot staden. Kryssar mellan människorna som har så bråttom, djuren som bräker och de stinkande avskrädeshögarna.

Jean kikar in i ett hus där han ser folk sitta och gemytligt samspråka. Det ser ut att vara en krog där det serveras mat och dryck. Han har aldrig tidigare varit på ett sådant ställe och egentligen är det nog enligt ordensreglerna inte tillåtet. Men han känner plötsligt hur törstig han är och på resande fot kan man få göra undantag.

Han får ett stort stop med skummande dricka på bordet. Några män vid bordet bredvid tittar roat på honom när han sveper drycken. De tror antagligen att han inte har druckit öl tidigare. Men då känner de inte till att det är i klostren som man började brygga både öl och vin. Han måste dock erkänna att det är mycket god och mustig smak på denna inhemska brygd. För att visa sin uppskattning pekar han på stopet med ett stort leende och säger högt:

"Mycket gott! "

Männen ler bekräftande tillbaka och svarar med en lång ramsa där han bara uppfattar Wisby klosteröl. Det verkar vara trevliga och kunniga män, tänker Jean, så han ska nog kunna få råd om sin fortsatta resa.

"Kan ni säga mig hur långt det är till Maria Guthnalia? Går det att ta sig till fots hela vägen?"

Männen tittar på varandra och skrattar, nickar menande. De gestikulerar och pekar åt ett håll och han tolkar det som att de ska hjälpa honom. Jean blir nöjd. Han lutar sig behagfullt tillbaka i stolen och känner sig allmänt tillfreds med livet. Han har klarat av den strapatsrika färden från Småland till Gotland, och måste få unna sig lite vila. Det är han väl värd. Han slumrar till och ser Elfridas vita barm framför sig. Känner hur det rycker till i nedre regionen.

"Hallå, ska du vara med och spela kort? Kan du bräus?"

Han blir bryskt väckt ur sin sköna sömn av att en av männen omilt knuffar till honom i sidan. Jean har mest lust att sova vidare och drömma om kvinnor, men tänker att det är nog bäst att göra som de säger. Vara sällskaplig eftersom de utlovat hjälp för hur han ska ta sig till Roma.

Han lär sig snabbt vad spelet går ut på och först är det bara trevligt och roligt. Jean har lätt för att lära sig nya saker och vinner flera gånger. Men så dyker det upp ännu en man, en stor en med kraftiga labbar och otrevlig uppsyn. Han sitter och stirrar på Jean, som skruvar sig besvärat inför hans granskande blickar. Mannen lutar sig fram mot Jean och väser.

"Är du en Stockholmsjävel?"

Jean förstår inte vad han säger men tänker att det är bäst att nicka och le. Och plötsligt är det en helt annan stämning runt bordet. Det är flera av männen som nu glor ilsket på honom.

"Tror du att du kan komma hit och tro att du är nåt? Bara för att du lyckas vinna i bräus några gånger? VA?"

Måste karln skrika så förskräckligt rakt i örat, han är väl inte döv heller.

Jean fortsätter att nicka och le, men känner sig alltmer osäker.

"Vill du ha på käften? Vill du ha stryk? VA?"

Jean förstår att han har sagt eller gjort något som inte uppskattas av männen och att smockan hänger i luften. Han försöker förklara sitt ärende igen, stammar osäkert fram att han ska till Maria Guthnalia.

Då brister alla, även den hotfulle mannen, ut i skratt. De skrattar så de nästan ramlar av bänken.

"Är det första gången? Har du varit där förut?"

"Nej", svarar Jean. "Jag har aldrig varit i Maria."

"Kan du betala? Bezahlen, ja?"

Jean tittar först oförstående på mannen, men gissar sig till vad det är han vill ha. Han drar upp ett mynt ur fickan och det var tydligen till belåtenhet.

"Jag ska visa dig vägen till Maria Gutnalia", säger en av de trevligare männen. "Följ mig!"

Jean reser sig på ostadiga ben och står och svajar en stund. Det lokala ölet var visst bra starkare än det klosterbryggda som han var van vid. Han tar farväl av spelkamraterna och travar efter mannen genom trånga gränder. Uppför en lång backe, Hästgatan heter den, tills de stannar framför ett stort men risigt hus. Dörren på trekvart, lösa brädor, flagnande färg. Vägvisaren pekar glatt och artikulerar överdrivet "Maria".

Jean ser misstroget på huset. Denna fallfärdiga byggnad kan väl ändå inte vara klostret? Det skulle väl ligga en bra bit utanför staden? Han frågar guiden igen, som försäkrar att det är rätt adress. Han knackar på dörren som slängs upp och ut kommer en kvinna. Hon har svart hår, breda höfter och en barm som väller ut ur klänningslinningen. Hon står med händerna i sidan och tittar forskande på Jean. Guiden pekar på kvinnan och upprepar "Maria". Hon ser i sin tur uppskattande på Jean. Hon är trött på gamla feta, fula och trögstartade gubbar, och har inget emot att ta ett nyp med en ung vacker man. Hon tar ett stadigt tag i hans kåpa och drar in honom i huset.

Det börjar gå upp för Jean att det hela är ett stort missförstånd. Han inser att det är kvinnan som heter Maria och att hon är prostituerad. Att männen på grund av språkförbistringen trodde att han frågade efter att köpa lite knök i bingen. Inte alls förstod att han är munk och absolut inte intresserad av sådana aktiviteter, utan att hans egentliga ärende är att ta sig till klostret med samma namn.

Jean är nu inte helt okunnig om köttets lust, även om han inte har någon praktisk erfarenhet. Men han har hört att en del män går till bordeller för att få utlopp för sin sexualdrift. Även män som är gifta och då har sex utanför äktenskapet vilket Gud förbjuder. Jean har funderat lite på det där.

(Om han då hade fått höra talas om att bildade kulturmän 500 år senare skulle bete sig som neanderthalare (brasklapp, det hade säkert funnits både bra och dåliga neanderthalare), hade han ramlat baklänges av förvåning. Hade skämts ögonen ur sig när det till på köpet visade sig vara en fransman, som hade fingrarna i både akademins angelägenheter och i kvinnors intima delar.)

Kvinnan börjar knäppa upp hans hosor och han känner hur hon tar ett nappatag om hans lem. Motvilligt blir han hård av beröringen, men han kämpar tappert emot. Han försöker tänka på avtändande saker, som långrandiga jordebrev. Han lyckas efter en seg kamp slita sig loss ur kvinnans hårda famntag och rusar ut ur huset. Bakom sig hör han Marias besvikna svordomar.

Tacksam för att undkommit med svendomen i behåll fortsätter Jean sin vandring genom staden. Ringmuren med starka befästningstorn löper runt som skydd för inkräktare från när och fjärran. Han förstår att det är en viktig och betydande stad, och tänker att det säkert är många som gör anspråk på staden. Många som skulle vilja sitta som herre på täppan då dess strategiska läge gör det möjligt att härska över haven och sjöfart. Kunskaparen hade berättat att det fortfarande är en viktig knutpunkt för handel i alla väderstreck, även om glansperioden som stolt Hansastad är förbi.

Jean går vilse bland gränderna och är tillbaka där han startade. Han blir stående och ser förundrat upp på de höga packhusen tills han får nackspärr. Varor hissas upp efter att ha lastats av från skeppen som ligger förtöjda i hamnen, under noggrann uppsikt av köpmännens notarier.

Jean hör sig för om klostret hos några stadsbor som ser vänligt sinnade ut. De har dock nedslående nyheter om klostret. Berättar att det ska avvecklas, precis som allt annat som läggs ned på landsbygden.

49

"Det ska bli tre serviceorter", säger en man buttert. "Och beslut om meröppet ska tas på tinget nästa gång. Pyttsan! Det handlar som alltid om fler skattepålagor och att minska på tjänstefolk."

"Och inte ska vi få ha kvar några magasin på landet heller", inflikar en annan man indignerat. "Hur har de tänkt att allt ska få plats i stan? Och ska vi behöva åka till Visby varje gång vi behöver en ny codex? Dålig belysning är det också. De har ingen aning om hur det är för vanligt folk på landsbygden. De där rika knösarna som sitter i sina flotta paradvåningar innanför muren och bestämmer."

Jean fortsätter gatan fram med tungt sinne och nedslagen blick. Har han färdats hela den långa vägen förgäves? Ska klostret verkligen stängas? Vad ska han då göra?

"Se sig för! Han borde skaffa brillor!"

Jean tittar upp på personen som han har råkat gå rakt på och törnat emot. En ung kvinna som blänger argt på honom. Det går som en elektrisk stöt genom Jeans kropp då han möter blicken från kvinnans gröna ögon. Han blir alldeles vimmelkantig. Han mumlar förlåt och plockar upp grönsakerna som fallit ur hennes korg. Deras händer råkar vidröra varandra, båda rodnar och drar sig snabbt undan. Hon reser sig upp för att gå vidare, men Jean hejdar henne.

"Vördig jungfru, kan du hjälpa mig? Jag har färdats i många dagar och mitt mål är Roma, men jag vet inte vägen. Ingen talar om hur jag kan ta mig dit."

Kvinnan ser misstroget på honom.

"Roma? Vad ska du göra där? Det är en avkrok och det finns inget att göra. Inte efter september i alla fall. Utom klostret förstås, men det är bara för munkarna."

"Ja, men jag är munk och kommer från Nydala i Småland. Och det är till klostret i Roma jag är på väg. Min slutdestination så att säga."

Kvinnan tittar forskande på Jean. Inte utstrålar hans uppenbarelse Guds frid direkt. Mannen ser snarare ut som om han kommer från ett slagfält än från en bönestund. Visst känner hon igen den vita klädedräkten med det svarta förklädet som cisterciensmunkarna bar, men den är både sliten och smutsig. Hans hårkalufs spretar åt alla håll efter Marias trånande rufsande.

"Ha, ha", skrattar kvinnan. "Munk! Det var det bästa jag har hört."

Varför skrattar alla åt honom, undrar Jean. Vad är det som är så förskräckligt roligt med att han är munk och ska till Roma? Konstig humor de där gotlänningarna verkar ha. Inte riktigt det respektfulla bemötande som han hade förväntat sig av öborna.

"Den danske kungen Kristians soldater har dödat alla munkar i Nydala och det är därför jag är på flykt. Jag hoppas att de ska ta emot mig i vårt dotterkloster Roma. Jag vet inte vart jag ska ta vägen annars."

"Så du är verkligen munk? På riktigt?"

"Nä, jag är en äppelmunk. Eller kanske snarare en pösmunk", svarar Jean.

Hans uppgivna och trötta min övertygar henne. Kvinnan bestämmer sig för att tro på att den unge mannen talar sanning. Han är väldigt snygg också, trots sitt slitna och tilltufsade yttre. Säger ångerfullt att hon ska ge honom en vägbeskrivning. Hon tar fram ett papper ur fickan och ritar, visar och förklarar.

"Du går först ut genom den östra porten och fortsätter rakt fram. När du kommer till det första vägskälet, går du till vänster. Du kommer att se en jättestor ek, där tar du åt höger. Efter sjumilastenen är det bara att följa vägen tills du ser klostret. Du kan inte missa det!"

"Men var försiktig!" förmanar hon.

"Finns det många stråtrövare här? Jag råkade ut för en otäck sälle i Småland som tog både min mat och karta."

"Nja, du kan nog vara rätt lugn för den saken. Men det går rykten om klostret."

"Vadå för rykten?"

"Jag vet inte riktigt", säger hon undvikande. "Bara att det inte står rätt till. Men...jag måste gå nu."

"Tack för din hjälp. Jag heter Jean. Vad heter jungfrun?"

"Hildegard," svarar kvinnan. "Men jag är inte från Bingen."

Jean rynkar pannan då han förstår att kvinnan vill förhöra honom om kända helgon och andra betydande religiösa personer. Tydligen tvivlar hon ändå på att han är munk.

"Så varifrån kommer jungfrun då?"

"Från Visby stad givetvis."

"Är du månne lika musikaliskt begåvad som din namne?"

"Läkekonsten är snarare mitt område. Men nog kan jag ta en ton också, ärade munk."

"Så, låt höra! Upp till bevis! Om du tvivlar på att jag är en tvättäkta munk, så tvivlar jag starkt på att en enkel flicka kan känna till Hildegard von Bingens sångskatt?"

Hon ser trotsigt på Jean och börjar sjunga. Först lite tveksamt och svagt, men alltmer säkrare. Vilken röst! Jean blir helt betagen av denna ljuva uppenbarelse som inte bara är vacker utan även äger musikalisk begåvning. Verkar inte helt okunnig heller utan är snarare en bildad ung kvinna.

Mitt i en strof slutar Hildegard tvärt när hon inser vad hon håller på med. Att hon står mitt i ett gathörn och sjunger för full hals inför en okänd ung man. Som dessutom ser på henne med glittrande bruna ögon och ett fånigt leende på läpparna. Hon älskar att sjunga och brukar glömma bort både tid och rum, men då inom hemmets trygga väggar. Hon ser sig omkring, nej, som tur är det inga andra åhörare än några barn som leker i närheten. Hon tar upp sin korg och vänder på klacken.

"Gud välsigne dig, Hildegard, gå i frid."

Hon går iväg med raska steg, men vänder sig om en gång. Deras blickar möts igen. Jean står och stirrar efter henne. En rödblond fläta sticker ut ur huvudduken och hennes smärta gestalt försvinner i folkmängden. Vem är hon? Han känner en stark längtan efter att få veta vem kvinnan är. Han skulle vilja lära känna henne. Gå på promenad eller sitta i en vacker trädgård, och prata om allt mellan himmel och jord.

Nej, måste han påminna sig själv, han får inte tänka på kvinnor. Han hade aldrig trott att det skulle vara så svårt att inte bli attraherad av det andra könet. Men måste försöka stå emot de förbjudna känslorna. Måste bege sig till Roma och fortsätta sitt liv på munkbanan. Hur det än är ställt där. Visst känner han en viss oro i magen, men slår ifrån sig tankarna. Har han lyckats ta sig så här långt ska det nog gå bra den sista biten också. Får lita på Guds försyn.

Kap 6 Kajsa: Vid livets vägskäl

Äntligen skulle det bli av, nu skulle hon göra det hon länge haft på sin buckit list. Vandra pilgrimsleden som löper längs med banvallen från Roma kungsgård till Dalhem. Det är främst för motionens skull, men hon tänker att det inte kan skada med lite själslig uppbyggelse som också utlovas.

Greppar en vandringsstav som finns till utlåning i det lilla bönekapellet. Kanske vi skulle låna ut gåstavar på biblioteket? Förresten, hur gick det med projektet med att låna ut gotlänningar? Hade det varit ett brett utbud av både populärt och smalt, eller var det ingen större efterfrågan? Hon måste komma ihåg att fråga om utvärderingen på nästa personalmöte.

Kajsa har nu kommit till ett vägskäl. Crossroad. Inte på vandringen, även om hon nu står vid bron där vägen delar sig. Utan på livets väg, dess olika faser och var sak har sin tid. För en del verkar allt gå strikt enligt verksamhetsplanen. Efter lagom vilt partajande i ungdomen skaffar de sig utbildning , jobb med stadig inkomst och stadgar sig med någon trevlig partner. Bygger eller hyr litet bo och får barn, som växer upp och så småningom lämnar hemmet. Och det är dags för den stressiga pensionärstillvaron, då de får rycka in och ta hand om snuviga barnbarn. Kajsa har delvis följt planen, haft både män och uppfostrat barn. Men ändå. Hon är långt ifrån ensam om att inte följa den utstakade planen. Det var många med havererade äktenskap, andra familjekonstellationer eller inte alls. Det blir inte alltid som man tänkt sig.

Vägskälet gäller dock för hennes del i första hand arbetslivet. Efter ett antal år som bibliotekarie har Kajsa kommit underfund med att hon nog valt fel yrke. Inte för att hon har vantrivts på jobbet, även om det ibland förstås känns motigt. Vem blir inte uttråkad av rutinuppgifter och upprepningens monotoni? Vem blir inte trött av att behöva lägga så mycket tid på administrativa och tekniska systembyten, på ständiga förändringar och nya strategier, som inte ledde till att något blev bättre? Bara att allt skulle göras på ett annat sätt. Men för det mesta har hon ändå gått till sin arbetsplats med glatt humör. Hon har haft förmånen att få åka på intressanta studiebesök och delta i konferenser, möten med kända författare och roliga personalfester. Hur många bibliotek hade hon besökt egentligen? Hur många hyllsystem hade hon fotograferat? Hur många broschyrer har hon nerpackade i kartonger som hon tänkte läsa vid lämpligt tillfälle?

Hon älskar böcker och att läsa, men har egentligen inte sysslat så mycket med skönlitteratur. Inget direkt läsfrämjande, utom att hon är jäkligt bra på att hitta felställda böcker. Hon har stora brister i sitt CV, har aldrig hållit ett bokprat eller en läsecirkel. Fast hon har förstås gjort andra saker. Matat akvariefiskar och närapå tagit livet av malen Marlon på radions bibliotek. Varit traversförare i biblioteksdepån i Bålsta och klättrat i enorma trälårar och sorterat Svensk Byggtjänsts rapporter. Fast det var nog inga meriter som hon kunde tillgodoräkna sig om hon skulle söka nytt jobb.

Hon har alltid betraktat sig själv som en hängiven och plikttrogen bibliotekarie. Har alltid släpat hem rapporter (även om hon inte alltid orkat läsa dem), håller sig hyfsat uppdaterad om vad som händer ute i biblioteksvärlden och passar alltid på att kika in på det lokala biblioteket vid resor runtom i landet.

Men har det haft någon betydelse, det hon gjort? Jovisst, hon har hjälpt en och annan låntagare till rätta och fått både uppskattning och tack. Men något bestående? Förutom några katalogposter? Särskilt nu när allt har så kort levnadslängd eller aktualitet. Hen som postar flest och snabbast inlägg på sociala medier får ändå mest uppmärksamhet.

Alla vill förstås lämna något avtryck efter sig. Några få lyckas, typ som skriva odödliga romaner som Herman Kristensson. Bli utnämnd till överbibliotekarie, eller det allra finaste, riksbibliotekarie på Kungliga biblioteket. Fast de allra flesta stretar på i det tysta och glöms snart bort. Sånt är livet, såånt är liivet...

Hon stannar till vid en av de elva pärlorna. De olikfärgade keramikkulorna som är utplacerade längs vägen och representerar livsfrågor att fundera över. Tar en vattenklunk och låtsas meditera en stund. Inte för att det finns någon levande själ i närheten som kan se henne, men hon känner ändå ett behov av att se ut som om hon är djupt försjunken i seriösa tankar. Korparna kraxar i kapp från alla väderstreck och det låter nästan lite olycksbådande. Mörka moln tornar upp sig, hoppas hon hinner fram innan det börjar regna. Eller ännu värre om det blir åska, hon som alltid har varit åskrädd.

Rycker till då det prasslar till i buskaget bakom henne. Hon stirrar intensivt in i buskarna. Den nedärvda försvarsmekanismen slås på, beredd att möta hot. Det finns inte så många farliga djur på ön, påminner hon sig, inte ens vildsvin. Fast någon galen incel skulle kunna dyka upp. När inget händer slappnar hon av och pulsen går ner till normal takt. Häver sig upp med hjälp av staven och fortsätter på sin vandring. Återupptar sina funderingar om livet.

Så vad är då problemet? Kruxet är att hon inte längre känner kallet. Att hon ibland misstänker att hon skulle ha gjort mer nytta på något mer praktiskt arbete. Visst, biblioteksarbetet handlar till stor del om praktisk eller opraktisk bokhantering. Men hon skulle kanske ha fortsatt på tågbanan. Transporterat folk från norr till söder. Fast det gör hon på fritiden, om än bara på Gotlandståget mellan Dalhem och Roma. Pilot då, flugit folk från när till fjärran. Eller flygvärdinna. Fast hon får jämt lock för öronen som inte släpper förrän efter flera dagar. Hon tänker att ett mer traditionellt manligt yrke skulle ha passat henne bättre, som byggarbetare eller att köra hjullastare. Men hon är en måttligt bra chaufför och har ryggbesvär. Eller något mer äventyrligt då, som FN:s fredsbevarande insatser. Fast om sanningen ska fram så är hon egentligen en riktig fegis.

Plötsligt slår tanken henne. Att hon inte har tänkt på det tidigare. Hon ska bli nunna! Det var det dolda budskapet! Att hon hamnat i närheten av kloster, både i Småland och på Gotland. Kajsa räknar sig visserligen inte som troende, utan snarare som agnostiker, men kan nog bli omvänd. Det skulle lösa alla problem med jobbiga val. Hon behöver inte längre tvivla på sin relation med Micke. Många religiösa kändiskvinnor, som Kristina av Stommeln, Heliga Birgitta och hon Kristi brud i Knutby, hade valt Gud till make. Till synes mer nöjda än de kvinnor som beklagade sig över sina lata och oförstående män. Inte behöva ha ångest för att ännu inte ha börjat pensionsspara. Vad gjorde nutidens nunnor på jobbet, tro? Nå, det kunde väl inte vara mer andefattigt än att peka på en skrivare dagarna i ända.

Hon andas genast lättare. Känner ett stort lugn transplanteras genom kropp och själ. Sådär ja, inte grubbla mer.

Roma kloster 2018

Kajsa tar tåget tillbaka, nu har hon mediterat så det räcker för dagen. Går längs allén som leder fram till Roma kungsgård och hinner precis hänga på en visning av klosterruinen. Det är ohyggligt varmt, det är en ovanligt het och torr sommar. På ön har det dessutom varit återkommande strömavbrott, vilket ställt till problem i affärer och restauranger. På biblioteket hade ventilationen lagt av och fläktar var slutsålda både hos Clas Ohlsson och Biltema. Oidentifierbara insekter dök upp och grundvattnet sinade. Domedagsprofetior om klimathot och jordens nära undergång spred sig över land och rike. Ön hade i alla fall varit förskonat från skogsbränder som härjat i andra delar av landet

Hon plockar upp mobilen som ger ifrån sig en signal.

"GEAB meddelar: Strömlöst i hela Gotland. Felsökning pågår. Beräknat klart 2018-07-25 16:30"

Föredraget är intressant, men hon är slö av värmen och trött efter vandringen. Hon förlorar sig i tankarna, men rycker till då hon hör guiden nämna klosterbiblioteket och försvunna böcker. Skit också, varför hade hon tappat uppmärksamheten när det var något som var särskilt intressant? Ska hon våga fråga honom efteråt? Fast då skulle hon få erkänna att hon inte hade lyssnat ordentligt, och han skulle kanske bli förnärmad. Hon kunde förstås skylla på dålig hörsel.

Då upptäcker hon Carolus bland publiken, vilken tur. Det är Gotlandskännaren nummer ett, fast nu utstyrd i munkklädsel. Hans alter ego, munken Carolus, som brukar dyka upp under medeltidsveckan. Då kan hon fråga honom istället och inte behöva göra bort sig inför museiguiden.

"Jag hörde att guiden nämnde klosterbiblioteket i förbigående? Tyvärr uppfattade jag inte vad han sa, men jag tänkte att du förstås känner till allt om klostret. Vad jag förstår vet man inte så mycket om öns medeltida boksamlingar?"

"Ja, det stämmer, det finns väldigt lite dokumenterat", svarar Carolus. "Vi vet ATT det fanns ett klosterbibliotek och var det var placerat, som du ser där vid västra gaveln. Men hur det användes bygger på dokument från andra kloster."

"Sen har vi förstås Petrejus krönika, slottsprästen på Visborg", fortsätter han. "Han uppger sig att ha sett en stor boksamling i klostret, och nämner en siffra på 200 000 volymer."

"Oj, så intressant!"

"Jo, men troligen överdrev Petrejus om hur stor samlingen var, eller rentav hittade på att han sett böckerna. Det finns inget annat belägg för påståendet."

"Har man inte undersökt den saken?" frågar Kajsa.

"Självklart. Både arkeologer och bokhistoriker har forskat. Jag vill särskilt framhålla Sten Körner, läs hans gedigna biografi över slottsprästen Petrejus!"

"Och vad kom han fram till? "

"Hans slutsats blev, och som de flesta forskare håller med om, att Petrejus uppgifter om boksamlingen inte är trovärdiga. Han uppger inga referenser till de skrifter som skulle ha tillhört klostret och som han säger sig ha sett i slottet."

"Fake news förekom alltså även på 1500-talet", konstaterar Kajsa.

"Jovisst är det så. Det är många historiska sanningar som blivit reviderade," håller Carolus med om.

"Men varför tror man att Petrejus ljög? Vad var hans syfte?"

"Tja, människor är väl sig rätt lika genom århundraden. En vilja att bli kända eller åtminstone erkända för att ha åstadkommit något."

"Mmm", svarar Kajsa. "Så är det nog. Skillnaden är att det nu är en influencer som alla följer, istället för en präst som påstår sig ha sett en medeltida boksamling."

"Teorin är att när kungen efter reformationen drog in klostrens tillgångar så magasinerades böckerna på slottet. Och troligen gick upp i rök."

"Vad menar du?"

"Danskarna sprängde slottet när de lämnade ön."

"Vilka dåliga förlorare. Tänk vilket turistmål slottet hade varit om det hade stått kvar. Jäkla danskar. Förutom ringmuren är Gotlands kulturarv bara ruiner."

"Nåja, lite annat än ruiner finns det väl," protesterar Carolus. "Vi har ändå ett 90-tal kyrkor som inte förfallit till ruiner, fantastisk natur, Stora Karlsö bland annat…"

De har ett långt och givande samtal och han lovar att hjälpa henne med att få fram vissa uppgifter om klostret. Carolus berättar en skröna från Romaklostret. Kajsa tycker att det låter bekant. Just det, en munk som blev serverad en dryck och blev sjuk och dog. Samma som hände på teatern i Nydala, lyckligtvis inte med dödlig utgång. Vilket sammanträffande. Hon berättar om krönikespelet i Nydala. Kan det finnas någon koppling mellan skrönan och händelsen i Nydala?

Carolus ser fundersam och stryker sig om hakan.

"Intressant, det kände jag faktiskt inte till, att de har ett krönikespel i Nydala. Fast att det skulle ha någon koppling till Roma tror jag inte, det är ofta liknande tema i skrönor från olika landsändar", säger han.

"OK, men känner du till något om Romaklosters siste abbot då?"

"Jo, det var Johannes Bonsack. Han blev präst i Björke församling när klostret stängdes."

"Tänk om någon lyckades gömma undan böckerna, så att kungen inte kunde lägga vantarna på dem? Någon litteraturintresserad munk?"

"Nej, då hade det uppdagats vid detta laget".

"Tack för dina upplysningar, väldigt intressant, vi ses!" Kajsa längtar nu efter att ta ett svalkande dopp i Follingbo kalkstensbrott.

Mobilen piper på nytt *"GEAB meddelar: Strömavbrottet inom hela Gotland är avhjälpt".*

När hon kommit halvvägs till bilen är det någon som stoppar henne genom att rycka tag i hennes arm. Kajsa hinner tänka att det nog är Carolus som kommit på något innan hon vänder sig om. Det är inte Carolus. Det är en kvinna hon aldrig sett förut som står och håller fast henne.

"Om du tror att du ska hitta något om boksamlingen som inte har kommit fram tidigare, så tar du fel," väser den okända kvinnan. "Du är inte precis den första som är intresserad av munkar."

Hon skrattar hånfullt.

"Släpp mig", säger Kajsa. "Vadå tror? Jag får väl tro vad jag vill. Det vet jag väl att det har forskats. Men det händer att även forskare missar detaljer som kan vara betydelsefulla."

"Så du menar att en bibliotekarie skulle vara bättre än en disputerad arkeolog på att läsa historiska fynd? Ha!"

"Hur vet du att jag är bibliotekarie?" undrar Kajsa.

"Hur jag vet? Inte så svårt, min kära Watson. Du lägger ju upp fåniga bilder på facebook titt som tätt, som alla andra fåfänga amatörer."

"Jo, men vad har du med mig att göra? Jag har väl inte gjort dig något?"

"Inte?"

"Nej, inte vad jag vet i alla fall. Har aldrig träffat dig eller vet vem du är."

"Jag glömmer aldrig en oförrätt", säger kvinnan." Och om du försöker att överglänsa med dina fåniga teorier kommer jag att hämnas."

Hennes naglar tränger in i Kajsas arm tills hon kvider av smärta.

"Du ska passa dig jävligt noga för att komma här och snoka!"

Kajsa sliter sig loss, gnider sin ömma arm. Kvinnan vänder sig om innan hon går därifrån och ler: "Och jag vet var du bor..."

Kap 7 Jean: Som att komma hem

I begynnelsen var ordet – människor hade ett behov av att kommunicera med varandra. Det behövdes något mer än det egna minnet för att bevara och föra tankar vidare - från muntligt berättande till skriftliga dokument. Så uppstod boken och utvecklades på olika håll i världen, men tidigast i Kina och Egypten.

För skriften har det använts dels växtbaserat material som papyrus och lin, dels pergament av djurskinn som kalv och får. När bokrullen blev för opraktisk att hantera kom man på idén med pärmboken där bladen hålls ihop med en träskiva. Codex är en handskriven bok och böcker tryckta före 1501 kallas för inkunabler. Det var till en början munkar i klostren som anlitades som skrivare, men det behövdes många fler yrkesmän för att färdigställa en bok; illuminatorer (bokmålare), bokbindare, pärmmakare och skinngarvare.

Johann Gutenberg anses vara den som uppfann tryckerikonsten i mitten av 1400-talet, men det hade tryckts böcker långt tidigare i Kina. Det Gutenberg gjorde var att använda andras idéer och lansera masstillverkning av metalltyper, och boktryckerikonsten tog fart och det blev startskottet för boken som massmedium. Gutenbergs berömda bibel var dock endast avsedd för några få rika som kunde betala för ett praktverk. Det var fortfarande främst i kyrkans tjänst och för administrativa ändamål som skrifter framställdes.

Handskriften har 1500 år på nacken och tryckerikonsten har överlevt i snart 600 år. Den tekniska utvecklingen har gått från träsnitt, koppar, litografi, metalltyper till digitalt tryck. Den digitala revolutionen innebär att dator, läsplatta eller mobiltelefon används, men trots dystra profetior om dess död föredras fortfarande pappersboken framför skärmen av många.

I klostren fanns bibliotek, eller snarare arkiv, där dokument av juridisk, ekonomisk och administrativ karaktär som jordeböcker och köpebrev förvarades. Det var vanligt att en munk var både bibliotekarie, arkivarie och kantor. (Kan det vara därför som så många bibliotekarier sjunger i kör? Någon slags nedärvd gen?)

Roma kloster 1521

Det har redan börjat skymma när Jean till slut, efter mycket möda och stort besvär, kommer fram till Roma.

Han står andäktigt framför det ståtliga klostret som tornar upp sig vid vägs ände. Det påminner mycket om Nydala, förutom att det inte har lika storslagen sjöutsikt, men kyrkan är imponerande stor med sina fyra skepp och höga klocktorn. Runt om klosterbyggnaderna breder stora åkrar ut sig och äppelgårdar som bådar för god skörd. I karpdammen hoppar hungriga fiskar upp för att fånga middagsmat, föga anande att de själva snart kommer att bli serverade på fat. Det ska nog bli bra i Roma också, tänker Jean förtröstansfullt.

Jean känner förstås till en del om Roma eftersom han varit tvungen att lära sig sin klosterhistoria. Han vet att den förste abboten Petrus som kom till Nydala fick i uppgift att grunda ett nytt kloster på Gotland. Han hade varit god vän med självaste Bernard, Clairvaux-klostrets abbot, som hade haft stor betydelse för spridningen av cisterciensordens budskap. Klostret hade byggts på platsen för Gutarnas Allting, där tingsdomare från hela ön hade samlats för att fatta beslut i rättskipningsärenden. Klostret hade sannolikt fått sitt namn därefter, "S:ta Maria de Gutnalia". Handel hade säkert också förekommit då Roma låg centralt mitt på ön, och kanske var det en populär marknad som lockade folk även på den tiden. Hur de franska munkarna hade fått nys om platsen var en gåta, men ryktet om den rika ön med sina handelsförbindelser hade troligen nått även konventets öron.

I början hade Jean korresponderat med en munkbroder som blivit förflyttad till Roma, men det hade blivit alltmer sällan på senare tid. Det var långa bönestunder varje dag, läsningar, mässor och lovsånger, förutom de dagliga hushållssysslorna. Dessutom skulle man helst klämma in minst en timmes meditation. Så var klosterordens motto också "Ora et labora". Arbeta och be. Men glöm inte att le, som abbot Arvid brukade tillägga.

Midnatt råder inte ännu men tyst det är i husen. Inte en människa syns till, fast det var kanske inte så konstigt då munkar brukar gå till sängs tidigt. De måste ju upp i ottan varje dag för att be. Jean är morgontrött och har aldrig riktigt förstått varför det är bättre att be så okristligt tidigt. Hör Gud bättre då eller?

"Hallå!" ropar Jean. "Är det någon här?"

Jean knackar flera gånger på portvaktsstugans dörr. Ingen öppnar. Han kikar in genom fönstret, men kan inte se att det är någon där. Konstigt att det inte är bevakat. Eller är klostret verkligen övergivet som folk antytt i staden?

Just när han satt sig i gräset för att vila sina trötta ben dyker en munkbroder upp. Jean blir så lättad att han faller i tårar när han återser den gråvita munkkåpan. Men den andre ser en smutsig man med trasiga kläder och känner inte samma spontana tillgivenhet. Han är avvaktande och ser misstänksamt på den utmattade trashankern.

När Jean går över till latinet och berättar vem han är blir brodern mycket förvånad. Han har redan hört talas om de hemska händelserna vid det småländska klostret, men inte väntat att någon av Nydalamunkarna lyckats undkomma. Och dessutom ha tagit sig ända till Gotland helskinnad. Han bjuder in Jean och visar honom först till badstugan. Efter att han har fått sig en välbehövlig tvagning och rena kläder sätter de sig till bords. Jean blir förvånad över att det är bara inalles fem munkar där. Förutom munken som tagit emot honom är de andra skäggprydda och enklare klädda så han förstår att de är lekbröder.

Under måltiden får han veta att det inte är bara Nydala som skakats av dramatiska händelser, utan även Romaklostret.

"Det är bara jag och några lekbröder kvar här", förklarar munken som heter Robertus. "Och de kan inte tala latin som du vet så vi kan tala fritt. Jag uppskattar att få tala Guds tungomål."

"Men var är alla andra bröder? Vad är det som har hänt? Inte har väl Kung Kristians soldater hunnit också hit och gått bärsärkagång?"

"Nejdå, inget kungligt besök har förärats oss. Orsaken är en intern uppgörelse inom klostrets väggar. Det är svårt för mig att tala om vad det handlar om, men kan jag lita på din diskretion?"

"Självklart, vi är ju bröder."

"Jo, det rör sig om...det utbröt ett uppror för en tid sedan och en munk blev dödad."

Jean blir både rädd och överraskad av Robertus ord. Då hade kvinnan han mött inte farit med lösa rykten om att det hade hänt konstiga saker i klostret. Tvister och konflikter kunde förekomma även i kloster, munkar var trots allt bara människor. Det var dock sällan det gick så långt som till fysiskt våld, utan brukade kunna lösas genom konstruktiva medarbetarsamtal. Har han kommit ur askan i elden? Skulle det inte vara lugnt och fridfullt på Gotland, som alla hade sagt? Upppror? Ett munkmord?

Robertus flackar med blicken och tvekar. Verkar ha svårt att klämma ur sig historien. Jean förstår hans motvillighet allt eftersom han berättar, då det visar sig att det var förbjudna känslor och otukt som var upprinnelsen till händelsen. Sådant som man inte brukade tala högt om i klostren. En av de äldre bröderna hade haft otillbörlig fysisk kontakt med en ung novis och abboten hade försökt tysta ner det. Det befarades att klostret riskerade att stängas om det skulle nå moderklostrets öron. Hur skulle de förklara situationen vid den årliga inspektionen? Upppror hade utbrutit och i villervallan hade novisen mördats. Munkarna hade förstås blivit skräckslagna och tagit till flykten. Några hade redan lämnat ön och begett sig till närliggande kloster i Estland.

"Jag har ansvar som prior för klostret då vår abbot är försvunnen", fortsätter Robertus. "Vissa indicier pekar faktiskt på att det kan ha varit han som mördat novisen, för att historien inte skulle komma ut."

Vad ska Jean ta sig till nu? Han är alldeles för trött för att tänka på framtiden, vill bara sova. Robertus varnar honom för att klostret inte är en säker plats. Ryktet om upproret och mordet har spridits i trakten. Länsherrens soldater kan komma på visit när som helst. De är rädda att ha bevakning dag och natt och Jean kan därför behövas som vaktavlösare. Så det finns en uppgift för honom, även om han mycket hellre skulle vilja påta i örtagården. Han har inte så mycket val utan får stanna i klostret en tid. Vart ska han annars ta vägen?

"Vi måste först ta reda på var Bonsack, vår abbot, håller sig gömd. Du kan hjälpa oss att leta efter honom."

"Tror du att han är skyldig?" frågar Jean.

"Han är visserligen vår aktade abbot. Jag vill inte tro det, men att han har försvunnit tyder tyvärr på att han kan vara inblandad. Och att ta någons liv är den största skymfen mot Guds bud."

"Men om det inte är abboten som har begått mordet, då måste det istället vara någon av dina bröder som är den skyldige?" funderar Jean.

" Jo, jag vet", säger Robertus. Han stryker och vrider hela tiden sina händer, som om han försöker få bort en osynlig smutsfläck.

Jean tar en titt på den prunkande köksträdgården. Salvia, dill, persilja. Han nickar med en igenkännande min, fina kryddväxter. Han nyper av ett myntablad, gnider det mellan fingrarna, drar njutningsfullt in doften i näsan. Men den där luktade som rutten sill, måste vara bolmört. Där var en annan växt som luktade väldigt starkt. Kan det vara libbsticka? Bra för matsmältningen och som skydd för allmänt ont. Kajp? Eller är det ramslök? Jean har lärt sig mycket om växter men kan aldrig skilja på just dessa två.

"Fin köksträdgård ni har", säger Jean. "Men den skulle nog behöva lite vård och omsorg. Det ser torrt ut och ogräset behöver rensas."

"Ja, ja", svarar Robertus och rynkar pannan. "Det är mycket som skulle behöva vårdas här, men som du ser är vi bara fem personer kvar."

"Jag skulle kunna…"

"Stopp och belägg! Gå inte ut där!"

Jean hoppar till av förskräckelse då Robertus tar tag i hans halskrage och drar honom häftigt tillbaka.

"Varför då? Vad finns det där?"

"Det är de dödas port", viskar Robertus. "Den leder ut till kyrkogården. Och det var där den mördade novisen sågs sista gången. När han fortfarande var vid liv."

"Brukar ni gå till kyrkogården ofta?" frågar Jean.

"Nej. Bara när vi har minnesgudstjänst över våra döda bröder. Varför undrar du det?"

"Om det var där ni såg novisen senast, då är frågan vad han skulle göra på kyrkogården? Var han ensam?"

"Jag vet inte, det var inte jag som såg honom", svarar Robertus. "Men han kanske hade stämt kärleksmöte med sin älskare på kyrkogården. Säkert lämpligt ställe att träffas på för sådana där perversa personer."

Det sista säger han i föraktfull ton och ansiktet förvrids i en grimas som visar stor avsmak.

"Som munk svär du att avstå från fysisk kärlek till en kvinna eller vad som är ännu värre, gud förbjude, med en man. Det får inte förekomma inom klostrets murar, och ska å det strängaste bestraffas", fortsätter han.

"Men er broder har dött", invänder Jean. "Vi ska väl inte döma förrän det uppdagats vad som faktiskt har hänt. Och om nu den olycksalige novisen verkligen har bedrivit otukt så har han i så fall med råge fått sona sitt brott."

Robertus ger honom en mörk blick och muttrar något ohörbart.

Egen härd är guld värd

Nästa dag kommer en av lekbröderna och anhåller om permission. Han behöver bege sig till Munkebos som är ett klosterhemman. Utsädet måste i jorden och rovor skördas. Robertus föreslår att Jean följer med som hjälp och ser skadeglatt på när de båda männen går iväg till fots. Det är dryga milen till gården och han vet att det är ett tungt arbete som väntar dem. I vanliga fall arbetar aldrig konventmunkarna utanför klostret med tungt åkerbruk. Men Jean är en munkspoling från Småland, en utböling. Verkar dessutom gilla sodomiter, eller fördömer dem inte i varje fall. Så han kan gott få känna på lite hårt arbete. Dessutom verkar han vilja snoka runt lite för mycket. Tror visst att han är någon jäkla William av Baskerville.

Fast tvärtemot Robertus avsikt blir det en riktigt trevlig vandringsfärd för Jean. Genom skog och mark, solen skiner, det är en härlig sommardag. Lekbrodern kan lite latin och pekar på växter längs med vägen, och förklarar deras namn på det gutniska språket. *Arspikkutrei, sveintynne och rävrumpar.* Han skrattar åt Jeans försök att härma de gutniska diftongerna.

Lekbrodern stannar och visar på ett stort fält norr om klostret.

"Där är guldåkern!"

"Varför kallas den så? Växer det guld där eller?" Jean ser roat på lekbrodern.

69

"Nja, inte direkt, men det har hittats tusentals armband, halsband och andra föremål i jorden. Av både silver och guld. Troligen handelsbyten från farböndernas färder österut mot Novgorod eller kaparbyten."

"Oj, det låter spännande! Var finns allt det värdefulla tingeltanglet nu?"

"Vad tror du? Hos länsherren på Visborg förstås. Sören Norby. Rika vill bli rikare. Och fattigt folk blir bara fattigare", säger han och sparkar till en sten.

"Gud ser till alla sina barn", tröstar Jean. "Om du lever enligt hans tio bud kommer du till himlen och där får man det bra."

"Men varför ska de illasinnade få leva i sus och dus i jordelivet?" undrar lekbrodern. "Och alla andra som inte gör någon förnär och kämpar utan knot får lida hela livet? Jag tycker inte att det är rättvist. Vad är Guds mening med det?"

"Jo, jag förstår vad du menar", medger Jean. "Men jag tror att alla prövas och de fattiga som lider kommer att få sin belöning till sist. Fast helt säker är jag inte."

Visst är det ett ansträngande arbete som Robertus har skickat honom på. Gallra betor och hässja hö från tidig morgon till skymningen. Jean har ont i varenda muskel då han inte är van vid så hårt fysiskt arbete, men sover som en stock om natten. Trots det stränga arbetet på åkrarna trivs han utmärkt bra. Det är god stämning bland hemmansbönderna som hjälps åt med allt. Fastän de bara talar gutniska förstår de varandras skämt genom miner och gester.

Lekbrodern bodde i en liten stuga med sin hustru och tre barn. Han berättar att han arbetar halva tiden på klostret och halva hemma på sin gård. Jean lägger märke till hur fästa paret är vid varandra. Han leker kurragömma med de små barnen. Vad trevligt det verkade vara att ha en familj. Hans tankar går till Elfrida. Men när lekbrodern kramar om och kysser sin fru till avsked blir Jean tvungen att vända bort blicken. Om det är för att ordensreglerna förbjuder fysisk beröring eller för att han själv längtar efter er kram? Att få vara med en kvinna. Elfrida. Eller hon den andra, Hildegard...

Om Jean hade väntat sig att få beröm och tacksamhet när han återvänder till klostret så har han gruvligt misstagit sig. Så fort han kommer innanför klosterdörren blir han skickad på nästa arbete.

"Som du förstår ligger vi långt efter vad gäller kopieringen av skrifter", säger Robertus. "Jag förutsätter att du har erfarenhet av liknande sysslor från Nydala?"

"Jadå, nog har jag skrivit av en och annan skrift", svarar Jean. "Fast jag fick huvudsakligen sköta om köksträdgården. Så jag skulle hellre vilja ta hand om den."

"Lekbröderna klarar trädgårdsarbetet. Det är bara du och jag som har god kunskap i latinska språket och skrivkonsten. Och jag tar förstås de viktigaste skrifterna."

Kopiering är det absolut tråkigaste Jean vet. Det skulle alltid krångla. När man väl hade fått klart en sida kunde man upptäcka ett förargligt stavfel eller att en hel mening hade missats. Eller råkade spilla bläck så det rann ut över hela pergamentet. Svårt att få till riktigt raka linjer. Mest köpebrev förutom någon enstaka mässbok. Ett enahanda och stillasittande arbete, det var ofta kallt och dålig belysning. Man blev stel i nacken och fingrar, fick frusna fötter och trötta ögon.

"Tänk vad det hade varit smidigt om man kunde lägga in en skrift i en apparat, och så kom det ut flera exemplar på en gång", tänker Jean i sitt stilla sinne.

(Jean kan förstås inte veta att kopieringsapparater skulle finnas på varje kontor och bibliotek 500 år senare, och inte heller att anställda dagligen skulle svära över trilskande maskiner.)

Där han sitter vid skrivpulpeten i ett kallt och fuktigt scriptore i klostret och kan bara arbeta under dagens ljusa timmar. Han får finna sig i sitt öde. Bättre kopiera tio handskrifter i klostret än att vara en munk i landsflykt. Eller ännu värre död som hans bröder i Nydala. Men han passar på att skriva in i marginalen på en mässbok han håller på med, "Kopiering är ett riktigt skitjobb".

Kap 8 Kajsa: En oväntad upptäckt

Läroverkssamlingen är en äldre boksamling som har sitt ursprung i Visby högre allmänna läroverk och dess föregångare. Samlingen överfördes från gymnasieskolan på 1950-talet till stadsbibliotekets vård, och förvaras nu i ett låst magasin på Almedalsbiblioteket. Den omfattar omkring 25 000-30 000 böcker, bland annat två inkunabler från 1494. Samlingen har från början byggts upp med donationer och gåvor av präster och professorer, därför dominerar teologi men det finns även betydande verk i matematik och naturvetenskap samt övrig humaniora. Mest känt är samlingen dock för en uppmärksammad stöld av Newtons första utgåva av "Principia Mathematica" som skedde i slutet av 1990-talet.

"Men va fan!" utbrister Kajsa högt och drämmer till med datormusen. "Blev det inte sparat nu? Ska jag behöva göra om allt från början? Jävla skit också!"

Kajsa sitter frustrerad på sitt kontor och svär över det nya katalogiseringsverktyget LIBRIS XL. Hon vet att det var absolut nödvändigt att byta system, men tillsammans med allt övrigt datastrul blir det droppen som får bägaren att rinna över.

"Nä, nu skiter jag i det här," säger hon för sig själv. Hon har för vana att prata med sig själv, oroväckande ofta på senare tid.

"Jag måste ändå ta fram några böcker till forskare Gregorius."

Hon plockar fram nyckeln från gömstället, skriver på tavlan utanför dörren att hon befinner sig i Läroverkssamlingen ifall någon skulle fråga efter henne.

Som vanligt krånglar låset innan hon kan öppna den tunga dörren till källarvalvet. Kollar mätaren som visar på 38 % fuktighet och 22 C. Det

73

ligger inom acceptabla gränsvärden som hon skriver in i liggaren. Det är inte ofta Kajsa har anledning att gå ner till källaren då det är sällan någon som frågar efter en bok ur samlingen. De gamla fina böckerna visas för det mesta vid studiebesök eller när bokslukarna går på skattjakt.

Löpnr. 161 Calepinus , 540 Gråberg, 1074 Descartes.

Så där ja, då var Gregorius beställningar klara. Om hon skulle ta och leta efter något extra till visningen för ett gäng bibliotekarier från fastlandet som hade aviserat ett studiebesök. Kajsa drar ut en stor volym av Erasmus av Rotterdam för att se om hon kan hitta något intressant.

En tunn, oansenlig bok med gråpapperspärm följer med och faller till golvet. Gymnasielatinet slumrade långt bak i vänstra hjärnbalken men hon kan i alla fall utläsa titeln.

"Historia Gothica". Hennes puls går upp i varv. Var inte det skriften som Carolus hade berättat om? Med darrande händer öppnar hon och bläddrar försiktigt. Hela den äldre samlingen före 1800 är inventerad och registrerad, men det finns inget signum. Varför har den inte blivit katalogiserad?

Kajsa rycker till och tappar boken när det plötsligt blir alldeles mörkt i magasinet. Fastän hon så väl känner till den rörelsestyrda belysningen blir hon lika överraskad varje gång. Hon viftar med armar och ben tills det tänds igen. Hon lägger tillbaka skriften i kartongen och gömmer den bakom en stor volym i bleknat pergamentband.

Tillbaka på sitt rum mejlar hon sin kollega på kulturarvsavdelningen på Uppsala universitetsbibliotek.

"Hej Fredrik! Hur går det med rapporten? Det är mycket på gång här, tur att man är förändringsbenägen... ☺

Jag tänkte höra om du har hört talas om en skrift om goternas ursprung, troligen skrivet på 1500-talet? Jag råkade nämligen ramla över den när jag tog fram material i Läroverkssamlingen. Den finns konstigt nog inte upptagen i katalogen. Därför vet jag inte om det är en bok som varit försvunnen eller varifrån den kommer. Tacksam om du har någon info eller tips på vad jag ska göra med den. Mvh/Kajsa. PS. Bifogar foto av framsidan."

Pling! Efter sina utmattningssymptom har Kajsa lovat sig själv att hon får kolla e-posten bara på morgonen och innan hon lämnar jobbet för dagen. Men eftersom hon väntar otåligt på Fredriks svar får det bli ett undantag från den gyllene regeln. Det är dagordningen till nästa APT, men den får vänta. Hon har mer spännande saker på gång.

Det plingar till igen och nu är det Fredriks svar:

"Hej, jo det löper på bra, vi ska nog bli klara i tid till deadline. Nu till skriften som du har hittat. Den är nämnd i Petrejus gotländska krönika. Han hänvisar till den som en av sina källor, men man har inte hittat något spår av den. Det är därifrån det seglivade ryktet om goternas koppling till Gotland kommer, som vissa hävdar trots den akademiska forskningens skepticism. Jag kan inte avgöra utifrån framsidan om det är original eller kopia. Det vore bra om du kan scanna hela skriften och skicka till mig. Om det faktiskt visar sig vara nämnda bok så är det något unikt ni har i er ägo! Jag skulle därför råda dig att inte prata om det med någon, inte ens dina kolleger ännu. Jag behöver väl inte upplysa dig om att placera den på ett extra säkert ställe. Jag ska konsultera både kolleger och mina vänner vid andra lärosäten. Återkommer. /Mvh, Fredrik".

Kajsa ryser av lika delar upphetsning och rädsla. Både spännande och läskigt om de faktiskt råkar ha en riktig dyrgrip i huset. Hon tänker att det är så det måste kännas för arkeologer som gräver och påtar i åratal, och plötsligt stöter på ett skallben från en okänd forntida grav.

Hon väntar på ytterligare upplysningar från Fredrik men veckan går och inget hörs från Uppsalahorisonten. Nå, han har väl inte hunnit göra efterforskningar ännu. Så när det kommer en inbjudan till en konferens går Kajsa till chefen och frågar om hon kan få åka. Det är egentligen inte direkt relevant för hennes arbete men hennes plan är att utnyttja tillfället för sina egna syften. Hon får grönt ljus för resan. Hon tänker att det är lättare att prata öga mot öga om det eventuella fyndet. Hon slänger iväg ett snabbt mejl om att hon ämnar komma till Uppsala och frågar om de kan boka in ett möte. Fredrik svarar nu med vändande post att det går bra.

Dock mottages hennes besked om resan inte med någon större entusiasm på hemmafronten.

"Vadå, ska du stanna över helgen också? Det är då skördefestivalen i Roma är. Vi skulle ju gå på traktorpulling!"

"Oj, det hade jag glömt bort", säger Kajsa och låtsas vara ångerfull. "Fast du kan väl gå ändå, du känner ju en massa folk där."

"Jo, visst kan jag det, men det är du som alltid säger att vi aldrig gör något tillsammans. Och nu hade vi bestämt att gå på marknaden."

"Ja, jag vet. Jag är ledsen, men när jag nu får en chans att åka genom jobbet. Det är inte så ofta det händer."

"Jag tycker du jämnt åker på jobbgrejer", säger Micke.

"Det gör jag väl inte, vad du överdriver. Det är ett mycket viktigt möte. Det är inte som att jag åker på tjejkryssning och festar runt. Eller tror du kanske att jag åker för att träffa andra karlar?"

"Det vet man väl inte. Det vimlar säkert av trevliga akademiker i Uppsala. Intellektuella snobbar. Det är klart att du väljer dem istället för att gå med din bonde på marknad. Jag har märkt att det ibland är som om du skäms när vi träffar på dina fina kolleger från stan."

"Gud, vad fånig du är! "

Nu börjar Kajsa bli riktigt förbannad.

"Och följde du med på teatern som jag hade bokat biljetter till kanske? Helt i onödan? Jag kunde lika gärna ha kastat pengarna i havet!"

Som vanligt går Micke sin väg när de börjar gräla och lämnar Kajsa frustrerad av ilska.

Hon blir både arg och ledsen. Så länge de var nyförälskade var det inget större problem, då kände hon sig bara mer säker på hans känslor för henne. Men på sistone har Micke allt oftare visat tecken på svartsjuka. På hennes jobb eller för att hon går på danskurser. Samtidigt som han själv tillbringar minst lika mycket tid i ladugården eller på åkern, från tidig morgon till sena kvällar. Eller så var det hemvärnet. De har sällan någon helledig helg tillsammans. Ändå är det tydligen Kajsa som ska ha dåligt samvete för att hon åker på tjänsteresa eller går på afterwork någon enstaka gång.

Uppsala – de lärdes stad

Uppsalas universitet är Sveriges äldsta lärosäte och grundades 1477, men det var Gustav II Adolf som instiftade ett bibliotek år 1620. Han donerade också en stor boksamling som bland annat innehöll resterna av medeltidens klosterbibliotek. Bibliotekets rika samlingar har genom historien byggts upp genom krigsbyten, donationer, gåvor, inköp, byten och pliktleveranser, och innehåller böcker, kartor, handskrifter, tidskrifter, trycksaker m.m. Några av de rariteter som visas permanent på utställning är Silverbibeln, den berömda handskriften från 500-talet, och Carta Marina, en karta över Nordens länder tryckt 1539.

Kajsa tar morgonbåten till Stockholm och hoppar därefter på Uppsalapendeln. Travar uppför den långa backen dragandes resväskan efter sig. På en kulle högt över stadens centrum tronar universitetsbiblioteket Carolina Rediviva, med domkyrkan till höger och slottet på sin vänstra sida. Kyrkan och makten med lärdomens tempel i mitten. Kajsa har många gånger undrat varifrån biblioteket har fått sitt namn, som det fick när byggnaden stod klar 1841. Hon har nu kollat upp det inför sin resa för att inte framstå som okunnig inför kollegerna. "Den återupplivade karolinska akademien" syftade på ett äldre universitetshus som hade rivits. Det var också en hyllning till Karl XIV Johan som hade bestämt var det nya biblioteket skulle byggas. (Kanske borde Svenska akademien också lägga till ett "Rediviva", efter allt stök och bråk. För att visa att det nu var nya tag?)

Kajsa väntar i bibliotekets café och bläddrar i en broschyr när Fredrik dyker upp.

"Hej Kajsa, förlåt att jag är sen, men hade ett ärende med en långrandig låntagare. Har du hunnit se den nya utställningssalen?"

"Jadå, jag fick en intressant och trevlig visning av Bodil. Vilken fantastisk sal, med utrymme att visa upp både rariteter permanent och tillfälliga utställningar. Inbrottssäkra montrar får man förmoda?"

"Jajamen, dessa ska varken bibliofiler eller andra klåfingriga personer kunna forcera", försäkrar Fredrik, "så vi kan känna oss trygga."

"Vi borde göra en utställning om vårt nyfunna bokfynd. När vi fått fram lite mer underlag. Kanske kombinera med att lyfta fram Gotlands långvariga förbindelser med Uppsala Universitet? Det var ju främst till Uppsala de unga gotlänningarna for för att studera."

"Bra idé! Men nu måste vi först tänka på upplägget inför föredraget. Ska vi gå och käka lunch och snacka ihop oss? Vi går till ett ställe nere på stan så vi slipper bli störda av nyfikna kolleger."

De hamnar på en trivsam lunchrestaurang som har avskilda hörnbord, lämpliga för förtroliga samtal och nyförälskade par. Dagens lunch är raggmunk och stekt fläsk, det låter gott. Kajsa är trött på smaklösa veganbiffar, bleka böngrytor och lukten av selleri.

"Har du fått bekräftelse från dina bokhistorikerkolleger? Jag började faktiskt bli orolig när du inte hörde av dig på hela veckan."

"Ja, jag vet, förlåt, men jag ville inhämta fler åsikter innan jag kom med något besked. Nils Cravallius är en auktoritet på området och han säger att det råder inga tvivel om att det är en medeltida text."

"Wow, vad spännande! Fast jag förstår verkligen inte varför den inte har hittats tidigare. Samlingen har visserligen flyttats flera gånger, men den borde ha varit upptagen bland rariteterna."

"Ja, det är märkligt. Men eftersom det är både litet format och oansenligt bokband så har den möjligen blivit förbigången."

"OK, hur lägger vi upp det hela? Tar du den tunga forskningsbiten och jag bakgrunden om samlingen? Jag är bara orolig för att det kommer bli värsta uppståndelsen. Du vet, både akademiker och hobbyforskare brukar ha väldigt bestämda åsikter. Vi kommer att bli bombarderade av jobbiga frågor!"

"Oroa dig inte." Fredrik kramar hennes hand. "Vi fixar det, vi ska nog klara av dem. Sen blir vi jätteberömda på kuppen, haha."

Kajsa ser på Fredrik medan han försjunker i inledningstexten som hon skrivit. Hon kan inte låta bli att jämföra honom med Micke. Han är inte lika snygg, men har ett avslappnat och avväpnat sätt som är väldigt charmigt. Han är otroligt beläst och kunnig på sitt område, men inte alls någon besserwisser till skillnad mot vissa andra.

Hon funderar på det som Micke antytt. Att hon skulle vara intresserad av Uppsalaakademiker. Hon slår ifrån sig tanken, självklart inte. Hon räknar sig till den trogna och monogama skaran. Fast nog var Fredrik väldigt trevlig och intressant att prata med. De förstod varandra på ett lättsamt sätt och kunde skoja om saker som hon och Micke inte gjorde, fast de hade varit ihop så länge nu. Borde hon ta det som ett varningstecken på att han trots allt inte var den rätte för henne?

"Eller hur?" Fredrik viftar med servetten framför Kajsas näsa.

"Va, förlåt, jag tänkte på annat. Vad sa du?"

"Jo, jag sa att det är bäst att vi ligger lite lågt innan föredraget. Jag har bara berättat det för mina allra närmaste kolleger på min enhet."

"OK, du har rätt. Och så blir det en överraskning om ingen känner till det i förväg."

En hastig kram och Fredrik skyndar till nästa möte. Kajsa tar en runda i biblioteksshopen innan hon sätter sig i specialläsesalen. Hon har fått hjälp att söka i kortkatalogen över personarkiv och har beställt fram en brevväxling mellan Mathias Klintberg, som hade varit ansvarig för läroverksbiblioteket, och G E Klemming, Kungliga bibliotekets förste riksbibliotekarie. Hon hoppas att breven ska kunna innehålla några intressanta upplysningar om boken de funnit, utifrån dessa mäns gemensamma intresse för bokförvärv.

Det är drygt en timme innan hennes tåg går tillbaka till Stockholm. Hon promenerar längs Fyrisån, där änder trotsar vinterkylan och simmar slalom mellan isflaken som flyter förbi. Hon köper en takeaway kaffe och sätter sig vid det vinterstängda caféet.

Får ett sms från Micke. Han har skickat en bild på sig själv framför en traktor. Bredvid honom står en tjej, som ser bekant ut, och flinar. Är det inte Madde? Hans ex? "Hoppas att du har det bra i Uppsala, vi har jättekul här i Roma!" Varför var det nödvändigt att skicka ett foto med exet? För att göra henne svartsjuk, eller? Tönt.

På tåget läser hon in sig på vad som har skrivits om Petrejus krönika. Försöker koncentrera sig trots att det sitter två tjejer bakom henne som högt och detaljerat analyserar sina nuvarande relationer. Funderar på breven som hon hade fått kopior av. Hon har svårt att fokusera på texterna. Tankarna går till Micke och deras relation som har knakat betänkligt i fogarna den sista tiden.

Mobilen surrar. Är det Micke igen som måste visa upp hur han roar sig med gamla flammor?

"Tror den smarta bibliotekarien att hon ska hitta något i Uppsala? Som inte redan är känt av riktiga forskare? Jag har varnat dig för att lägga näsan i blöt!"

Kajsa vänder sig om och scannar av tågvagnen. Känner sig iakttagen. Hur sjutton kan kvinnan från Roma veta att hon har varit i Uppsala? Nej, hon har inte varit på Facebook på ett bra tag. Inte gjort något inlägg om sin resa. Hon blir mer arg än rädd. Vad är det för en konstig människa? Vad vill hon? Varför hotar hon Kajsa?

Kap 9 Jean: I klosterbibliotekets dunkla vrår

Bibliotekarier kan nog tävla med prostituerade om innehav av den äldsta yrkestiteln som fortfarande används och vars uppgifter (bibliotekariernas alltså) i stora drag är desamma. Att samla, ordna, bevara och tillgängliggöra material.

Det äldsta kända biblioteket som hittats är Ebla i Syrien från ca 2 500 f.Kr. Lertavlorna var där uppställda efter form som motsvarade ett visst innehåll (ämne). Alltså samma princip som idag – böcker ordnas efter innehåll för snabb lokalisering och framtagning. Biblioteket i Alexandria, grundat av Egyptens kungar på initiativ av Aristoteles ca 300 f.Kr., är mer känt trots att vi inte vet hur det såg ut eller varför det förstördes. Det var ett forskningsbibliotek med ambition att samla all litteratur, en föregångare till senare universitets- och nationalbibliotek.

Bibliotek inrättades som mänsklighetens minne. Till en början var biblioteken i kungahusens och furstarnas tjänst, för kyrkan och förmögna privatpersoner. Det var först i mitten av 1850-talet som man kan tala om bibliotek för allmänheten, vilken då ändå var en begränsad skara. En kombination av demokratiska, elitistiska och liberala idéer låg bakom framväxandet av folkbibliotek. Det började i Storbritannien och USA, och till Sverige kom folkbibliotek i början av 1900-talet genom pionjären Valfrid Palmgrens försorg. Sockenbibliotek, arbetar- och föreningsbibliotek kan dock ses som föregångare till folkbiblioteken.

Grunden är gemensam men beroende på bibliotekstyp är det olika uppdrag, inriktning och målgrupper för folkbibliotek, skolbibliotek, universitetsbibliotek, myndighetsbibliotek, sjukhusbibliotek och specialbibliotek.

Bibliotek kommer från grekiskan och är en sammansättning av biblio=bok och förvaringsrum=theke. I informationssamhällets paradigm framhävs biblioteken snarare som mötesplats framför förvaring av böcker. Förändringens vindar blåser alltid över bibliotek men man vågar ändå påstå att mycket av idéerna från antikens bibliotekarier, Demetrios, Kallimachos, Cassiodorus och deras efterföljare står sig i vinddraget.

Jean ligger och vrider sig från sida till sida i den obekväma bädden. Han tänker på den mördade novisen och kan inte sova. Grunnar på om det kan finnas någon ledtråd. Hade det hemska dådet skett innanför klostrets murar? Eller på kyrkogården eller någon annanstans i omgivningarna? Han beslutar sig för att göra lite undersökningar på egen hand, när han ändå inte lyckas få en blund i ögonen. Han smyger så tyst han kan nerför natt-trappan som leder från dormitoriet ner till sakristian.

Han är nära att falla omkull då han missar ett trappsteg i mörkret och får ta stöd mot väggen, som ger vika för hans tyngd. En dörr. Han krånglar sig igenom den smala öppningen. Ett dolt rum? När han ser hyllorna med codexar förstår han att det är ett armarium. Att han har hamnat i klostrets bibliotek där de heliga skrifterna förvaras. Varför hade Robertus inte visat boksamlingen? Jean tycker mycket om att läsa och hade tillbringat all ledig tid i biblioteket i Nydalaklostret. Så när han ser raderna av uppställda böcker blir han upphetsad och glömmer sitt ursprungliga ärende.

Jean är försjunken i en bok om läkeväxter, med vackra illustrationer och anfanger i rött och guld. Han önskar att han kunde göra lika konstfulla inledande bokstäver i en skrift. När han hade låtit sin konstnärliga ådra flöda fritt hade det mest blivit fula plumpar på pappret som han hade fått skäll för.

Jean läser om en växt som sägs kunna bota en från att känna attraktion för det motsatta könet. Vinruta. Han tänker att han måste undersöka om den kan finnas i örtagården. Han har haft alltför många otillåtna tankar på sistone. Först var det den väna Elfrida. Hennes ljuva uppenbarelse kom till honom varje natt. Och nu var det den rödhåriga och skönsjungande kvinnan som han mött i Visby och som han inte kunde glömma. Hon dök upp i hans drömmar och frestade honom. Måste hitta vinruta…

Jean är så inne i sina tankar och hör därför inte stegen utanför rummet förrän det är för sent. Han vänder sig om då den tunga dörren slås igen med en smäll och inser att han har blivit inlåst. Av misstag? Eller medvetet? Av Robertus, eller vem annars? Han bankar så hårt han kan på dörren.

"Hallå! Det är jag, Jean, som är här!"

Ingen svarar.

"Hallå, släpp ut mig! Jag har cellskräck!"

"Du får skylla dig själv när du kommer hit och lägger näsan i blöt!"

"Vadå näsan? Vad menar du? Är det något gutniskt skämt?"

Jean blir skrämd men är samtidigt trött på att hela tiden råka ut för folk som gör narr av honom.

Ett ihåligt skrockande skratt.

"Det är inget skämt. Det är blodigt allvar!"

En rysning går igenom Jeans kropp. Det är verkligen en obehaglig situation han hamnat i. En munk har uppenbarligen dödats i klostret. Ska han bli den näste att gå samma öde till mötes? Vem är förövaren? Eller var gutarna blodtörstiga i allmänhet?

"Ja, det vill jag mena", karskar Jean ändå upp sig. "Är det du som har trotsat Guds bud och tagit en annan människas liv? Har du gjort dig till Gud själv som dömer levande till döden?"

"Jag förstår att du har hört rykten och tror på dessa utan att ifrågasätta sanningshalten. Du vet inte vem jag är eller vad jag gjort. Du dömer utan att veta något och drar förhastade slutsatser. Vem är du själv? I vilket ärende kommer du inklampande till vårt kloster?"

"Vad ska jag tro, tycker du?" genmäler Jean. "Jag har fått fly från Nydala kloster undan Kung Kristians hämndgiriga klor. Trodde att jag skulle få en fristad hos mina klosterbröder på Gotland. Men vilken missräkning det blev. Istället hamnar jag mitt i en mordhärva och ett kloster i upplösning!"

"Kommer du från Nydala? Är du en munkbroder? Jag trodde att du var utskickad av Norbys lakejer för att snoka. Ge mig ett tecken!"

"Nemo saltat sobrius, Cogito ergo sum, Navigare necesse est, Veni, vidi, vinci..."

"Tack, det räcker", avbryter rösten." Då kan du inte vara någon knekt i alla fall."

Låset vrids om och dörren öppnas. En äldre, kraftfull man med skarpskuren profil uppenbarar sig. Han granskar Jean en lång stund innan han tveksamt och vaksamt räcker fram handen.

"Jag är Johannes Bonsack, Roma klosters abbot", presenterar han sig. "Eller jag vet inte om jag fortfarande är det. Jag kanske är avsatt eftersom jag tydligen är misstänkt för mord."

"Har du blod på dina händer, som ryktet säger?" Jean måste få veta även om han inser att han kan vara i fara, oavsett vad som är sanningen. Om Bonsack är mördaren ligger han risigt till. Och om det inte är han är så går det fortfarande en mördare lös i trakten.

"Nog fick jag blod på mina händer", svarar Bonsack. "Laurentius blod. Den unge vackre novisen som väckte starka känslor hos alla. Som tyvärr utnyttjade sitt fagra yttre och tyckte om uppmärksamheten. Men som blev utnyttjad av en äldre broder."

"Du menar...att de hade förbjudet umgänge? Då var det alltså sant som Robertus berättade?"

"Ja", suckar Bonsack. "Men Laurentius fick ångest och själskval. Han kom till mig och bekände i bikten. Som botgöring ålade jag honom att vara i enslighet och tystnad i 30 dagar, och be dubbelt så många böner varje dag. Men jag försökte trösta honom med att det var den äldre munkbrodern som bar mest skuld då han förlett och förfört en ung novis. Att han inte skulle slippa undan sitt straff, och det skulle jag personligen se till."

"Så vad hände? Var det den äldre brodern som mördade Laurentius? För att röja honom ur vägen?"

"Nej", säger Bonsack. En förtvivlad ryckning far över hans ansikte. "Han gjorde det själv. Han självmördade sig. Att ta sitt eget liv är den största skymfen mot Gud, men jag förstår nu hans stora förtvivlan över vad han gjort."

"Men varför tror man då att du har något med mordet att göra? Varför är du anklagad?"

"Därför att Laurentius dog i mina armar. Och eftersom jag hade anmält den skenhelige snuskmunken tog denne tillfället i akt att peka ut mig. Han har alltid varit avundsjuk för att han inte fick posten som abbot, den rövslickaren. Och för att han själv inte skulle hamna inför klosterediktets rättskipning för sina otuktiga handlingar."

"Vilken ärkeskurk!" utbrister Jean. "Men jag förstår fortfarande inte varför bröderna inte tog ditt parti? Om någon hade beskyllt min käre abbot Arvid för något liknande skulle jag då aldrig tro något illa om honom. Såvida det inte funnes oemotsagda bevis för hans skuld."

"Utpressning", väser Bonsack.

Jean är fundersam. Bonsack verkar uppriktig och trovärdig, och är dessutom klostrets abbot. Men hur säker kan han vara egentligen? Han har bara hört Bonsacks version av historien. Det är klart att han skulle stå och bekänna sig skyldig om det trots allt var han som var mördaren. Och Robertus hade antytt, eller nästan pekat ut, Bonsack som mördaren. Bäst att i alla fall låtsas som om han tror på hans redogörelse för händelseförloppet. Jean är medveten om att han befinner sig i ett mycket litet utrymme utan några flyktvägar, så bäst att hålla god min i elakt spel.

"Men varför har du övergivit dina lärjungar?" frågar Jean istället. "Du måste väl förstå att det verkar misstänkt när du tar till flykten och gömmer dig? Du behövs, om inte annat så för att vara ett moraliskt stöd i denna svåra situation."

"Ja, jag vet. Jag är inte stolt över hur jag skött det hela. Men faktum är att jag inte litar på Robertus."

"Robertus? Varför då? Han är ju den ende brodern som är kvar? Ja, förutom lekbröderna alltså."

"Jag tror att han har haft ett finger med i spelet. Jag råkade höra ett samtal mellan honom och Laurentius. Där han anklagade och fördömde i otäcka ordalag det som den arme pojken gjort, för vilket han skulle få lida i skärselden. Laurentius var helt förstörd när han kom till mig."

"Ja", påminner sig Jean. "Robertus verkar väldigt upprörd och fördömande angående sodomi. Med rätta så klart, men vi ska också ha överseende med våra bröders böjelser och snedsteg."

"Ja, det är min inställning", säger Bonsack, "och jag tror tyvärr att det var Robertus salvelsefulla tal som fick Laurentius att gå över kanten och ta sitt liv. Och om jag möter honom är jag rädd för att jag inte kan behärska mig och gör något som jag sedan får ångra."

"Så vad ska du göra? Hur ska du kunna rentvå ditt rykte?"

"Jag vet inte, men jag har skrivit ett brev till konventet där jag berättar vad som hänt. Jag väntar på besked men jag tror att jag skrev fel datum och glömde sigillet. Så de blir nog misstänksamma och tror att det är falskt. Jag håller mig gömd så länge i armariet eftersom Robertus sällan går hit."

"OK, jag ska inte röja ditt gömställe", bedyrar Jean. "Fast jag förstår inte varför du tror att det är så säkert här? Varför skulle inte Robertus komma hit? Är han inte intresserad av böcker? Han har satt mig att kopiera tråkiga köpebrev och säger att han själv tar alla viktiga skrifter."

"Han är bara intresserad av sådant som är av ekonomiskt värde", säger Bonsack. "Och visst har jag haft nytta av honom vad gäller klostrets räkenskaper, han är en duktig administratör. Men han har förändrats till sinnelaget den senaste tiden. Blivit mer oförsonlig på något sätt."

De båda munkarna begrundar sina öden under vilsam tystnad. Bonsack bläddrar förstrött i några böcker. Jean tycker att det råder viss oordning, så i brist på annan sysselsättning börjar han sortera in böckerna på rätt hyllplan efter deras signum. En liten oansenlig skrift fångar hans intresse.

"Titta här!" ropar han. "Det står att Gotland är goternas ursprung! Det visste inte jag. Jag trodde att det var Småland. Kände du till denna?"

"Herreminje, har du hittat den?!" Bonsack gapar stort och brett. "Som vi har letat. Den försvann för något år sedan, och det var pinsamt att uppge vid visitationen att vi slarvat bort en så viktig bok. "Historia Gothica".

Han stryker vördnadsfullt och försiktigt med handen över den lilla skriften.

"Ska vi tala om det för generalkapitlet då? Att vi återfunnit en viktig bok Det kan vara till fördel för dig om du ska kunna rentvå dig från misstankar om delaktighet i Laurentius död."

"Jo, men det kan vänta. Jag tar hand om den så länge så den inte kommer bort igen. Eller i orätta händer."

Jean tvekar ett ögonblick innan han rycker på axlarna. Tänker att även om Bonsack är beskylld för mord så är han formellt fortfarande abbot.

Inte skulle han väl kunna stjäla en värdefull bok ur samlingen för eget bruk? Jean fortsätter att ivrigt gå igenom böckerna, i hopp om att hitta någon mer spännande lektyr. Han skulle behöva ett bra botaniskt uppslagsverk.

"Oj, vad är detta då?" utropar han efter en stund. Ett brev?"

Ett ark faller ur en bok och landar på golvet. De böjer sig båda för att plocka upp det men Jean är snabbast och nappar tag i det. Han börjar läsa högt.

"Min älskade. Jag kommer att vara borta när du läser detta. Det är med stor smärta jag lämnar dig, men vi vet båda att det finns ingen annan utväg. Vår kärlek är förbjuden och jag gör mitt val för att rädda dig. Varför jag skriver detta är för att du aldrig ska tvivla på att mina känslor har varit äkta.

Jag hoppas att du ska bevara mig i ditt minne. Jag skänker dig likaledes innerliga tankar att det ska gå dig väl i livet. Jag kommer alltid att älska dig. Din K."

Jean tittar upp och märker att Bonsack har blivit likblek och sjunkit tungt ner på en stol.

"Vad är det med dig? Du ser svimfärdig ut? Är du sjuk?"

"Jag trodde att hon var död", viskar Bonsack.

"Vem är död? Är det ännu fler munkar som är döda? Du pratar så konstigt! Du skrämmer mig!"

"Varför fick jag aldrig detta brev i min hand? Gömde de det för mig? Har det undanhållits mig alla dessa år? För att jag var påtänkt som abbot. Katarina. Min älskade. Om jag hade vetat...min Gud!"

Kap 10 Kajsa: Ett sensationellt fynd

Affischen är anslagen. Programmet står med i bibliotekets kalendarium och är publicerad på hemsidan. Lokaltidningen har ägnat ett helt uppslag åt nyheten, och Kajsa har blivit intervjuad av Radio Gotland i morgonens direktsändning.

Kajsa har berättat att man gjort ett unikt fynd i läroverkssamlingen, men har varit förtegen och hemlighetsfull om innehållet. Spekulationer gick därför om att det skulle vara ytterligare ett poem som Strindberg diktat ihop när han besökte ön. Eller Polhems anteckningar som bevis för att han kom på sin första uppfinning redan som sexåring då han bodde på Gotland. Riktigt långsökt var en journalists gissning om att det kunde röra sig om Mari Jungstedts första deckarmanus som hade blivit refuserat.

Kajsa får fortfarande scenskräck inför ett offentligt framförande. Hon har inte vant sig vid att tala inför en folksamling. Är inte buskablyg, men kan inte prata så där spontant och ledigt som vissa andra. Hon måste ha manus eller i alla fall stödord och övar alltid i förväg. Nu skulle hon visserligen inte stå ensam på scenen utan kunde luta sig mot Fredriks verbala förmåga. Men det var ändå hon som hade hittat boken och det skulle så klart ställas kniviga frågor. Och tänk om det skulle visa sig vara en förfalskning? De lärda Uppsalakollegerna hade granskat och kommit fram till att skriften var äkta så hon borde inte vara orolig. Ändå var det många frågetecken. Det fanns några möjliga namn, men de hade egentligen ingen aning om vem som var upphovsman. Det kunde ha varit någon uttråkad men fantasifull munk som hittat på alltihop.

Hon får medge att hon också känner en viss oro för att den galna kvinnan ska dyka upp igen. Kajsa vet inte om hon ska ta hennes påhopp och hot på allvar, men tänker att det är bäst att vara beredd.

Hörsalen är fullsatt, nyheten har tydligen spritt sig i lokalsamhället. De blir tvungna att avvisa några sent anlända besökare, som blir arga och protesterar högljutt. Tyvärr, men det är först till kvarn som gäller. Kajsa hänvisar bestämt till brandföreskrifterna. Vi får ta in max 120 personer!

Efter några inledande ord av programsamordnaren om nödutgång och toaletter tar Kajsa över. Svettiga handflator, hjärtklappning, rodnaden sprider sina flammor över halsen. Först nervöst trevande och hon stakar sig, men sedan flyter det på bra. De har plagierat ett populärt TV-program och lagt upp föredraget som ett avsnitt "Efterlyst" med G W. Kajsa redogör för hur hon upptäckt skriften då hon hade letat efter andra böcker. Hur hon gjort research och lusläst allt som skrivits om Läroverkssamlingen och sedan kontaktat expertis i Uppsala.

Puh, hon klarade sig igenom det utan större missöden. Nu är det Fredriks tur att ta över. Hon slappnar av och blickar ut över publiken som består av många trogna biblioteksbesökare och lokala kulturprofiler. Hon fastnar vid ett ansikte som hon tycker sig känna igen men inte kan placera, men blir samtidigt uppmärksam på att det uppstår ett otåligt mummel bland publiken.

"Kajsa, har du lagt undan mitt manus?" viskar Fredrik.

"Dina papper? Jag har inte rört dem, ligger de inte här?"

Medan Fredrik rotar runt bland dokumenten fyller Kajsa ut med ansträngt kallprat om det vackra vårvädret.

"Nej, fan också, jag vet att jag lade dem på podiet men nu är de borta. Nåja, jag får köra ändå och improvisera."

Fredrik drar vant tidigare forskningsrön och visar exempel på liknande verk. Alla lyssnar uppmärksamt på honom och det är knäpptyst i salen. Om han råkar citera någon fel så är det i varje fall ingen av åhörarna som lägger märke till det.

Sedan släpper de bokstavligen och bildligt bomben. På storbildskärmen visas framsidan av "Historia Gothica". Det går ett sus genom publiken. Det mumlas upphetsat och pratas ivrigt i bänkraderna. Fredrik fortsätter med att visa några sidor ur skriften, översätter från latin och förklarar pedagogiskt i stora drag innehållet.

Den förste att be om ordet är som väntat professor Gregorius. 85 år fyllda, men lika alert och nyfiken på nya historiska rön.

"Detta är ju helt häpnadsväckande fynd om det visar sig vara ett original. Har ni haft internationella experter inkopplade?"

"Givetvis", försäkrar Fredrik. "Både bokhistoriker och latinister har studerat texten och jämfört med liknande dokument. De har kommit till samma slutsats. Att det är ett hittills okänt verk. Det är särskilt intressant eftersom vi har väldigt få skriftliga källor på Gotland från den här tiden."

"Hur kan det var möjligt att det inte upptäckts tidigare?", undrar reportern från lokaltidningen. "Enligt er hemsida ska all litteratur i samlingen före 1800 vara katalogiserad."

"Ja, det stämmer, och vi kan inte svara på varför den inte har upptäckts tidigare", säger Kajsa. "Möjligen kan ytterligare studier av arkivhandlingar bringa ljus över den frågan."

"Med tanke på att det begicks en stöld av en värdefull bok för några år sedan. Hur vet ni att inte fler böcker blivit stulna? Det verkar inte vara särskilt bra ordning eller säkerhetsföreskrifter när ni inte ens vet vad som finns i arkivet?"

Medhållande och beskäftiga nickar sprider sig i lokalen.

"Om du syftar på stölder av Newtons "Mathematica Principia" så ägde den rum på gymnasiebiblioteket. Alla böcker hade tydligen inte överförts till stadsbiblioteket, även om det var Kungl. Maj:ts beslut. Det är svårt att hitta uppgifter vilka verk som fanns kvar där. Jag håller med om att det finns luckor i historien. Men tyvärr är de, som kanske skulle kunna ge några förklaringar, inte längre kvar i livet."

"Det vi ser nu är en digital kopia, eller hur?" fiskar journalisten.

"Det stämmer. Den är digitaliserad vid Uppsala kulturarvsavdelning."

"Så hur kan vi veta att det inte är så kallade fake news? Det går ju att trixa med det mesta och lägga ut på nätet?"

"Jag förstår inte vart du vill komma", säger Fredrik. "Det har hittats en bok på biblioteket, som vi tror möjligen är unik och den förvaras givetvis på ett säkert ställe. Den digitala tekniken ger möjlighet för både forskare och allmänhet att studera verket utan att ta fram originalet. Varför skulle ett ansett universitetsbibliotek som Uppsala sprida falska bilder eller information som du påstår?"

"För att få uppmärksamhet kanske? Ni är väl beroende av statligt stöd som alla andra? Och den akademiska rivaliteten känner alla till!"

Fredrik ser märkbart irriterad ut och Kajsa ger honom ett varnande ögonkast.

"Bli inte provocerad av sensationslystna journalister", viskar hon.

"Vi vill se bevis för att det inte är förfalskat! Vi vill se originalet!", ropar nu någon i publiken.

"Nu tycker jag att diskussionen tappar fokus", protesterar professor Gregorius."Det finns ingen anledning att ifrågasätta varken skriftens äkthet eller Uppsala universitetsbiblioteks syfte. Men frågan är, vad säger innehållet oss? Ger det oss nya rön om goterna och Gotlands historia? Är författaren trovärdig? Och framför allt, har ni några ledtrådar om vem det kan vara?"

"Äntligen en relevant frågeställning. Vi kan inte vara säkra på om det verkligen är samma verk som Petrejus åberopar i sin krönika. Eller vad syftet är eller om det finns något dolt budskap i texten. Och vi har ännu inga uppgifter om vem som kan ha författat det."

"Så hur kommer ni att gå vidare?"

"Det är förstås bara början. Nu krävs det omfattande forskning för att undersöka skriftens ursprung."

"Ok, nu tror jag att vi måste avrunda", bryter Kajsa in. "Tack för ert stora intresse. Det är tyvärr inte är ett prioriterat forskningsområde, så alla uppgifter är av värde för oss i vårt fortsatta arbete."

"En sista fråga. Finns boken kvar på biblioteket eller bevaras den i Uppsala?"

"Det vill vi helst inte svara på av säkerhetstekniska skäl."

En smal, svarthårig kvinna kommer fram till scenen efter föredraget. Nu kommer Kajsa på var hon sett henne. Det är samma kvinna som hade antastat henne i Roma!

Hon ler inställsamt mot Fredrik, presenterar sig som forskare vid Campus Gotland och uppger att hon studerar i samma fält som han. Kajsa försöker varna Fredrik så att han inte ska berätta något för kvinnan, men hon blir upptagen av andra besökare. Hon hör med ena örat att de avtalar ett möte. Nej! Hon måste avstyra.

Kajsa vänder sig mot dem och avbryter deras konversation.

"Det är konfidentiellt. Du får återkomma senare när vi har publicerat rapporten."

Fredrik ser förvånat på henne och lyfter på ögonbrynen. Han tror uppenbarligen på att det är en kollega från universitetet och misstänker inget. Hur godtrogen får man vara? Då kvinnan lutar sig över podiet för att få en skymt av deras material reagerar Kajsa blixtsnabbt. Tar vattenglaset och låtsas snubbla och kvinnan får en rejäl skvätt över sig. Hon torkar sig irriterat i ansiktet och ger Kajsa en ilsken blick.

Kvinnan lutar sig närmare mot Kajsa som känner igen den skarpa röklukten från hennes kläder. Hon stinker som om hon kom direkt från en sojde. Vad som händer sedan är Kajsa inte beredd på, även om hon har förstått att kvinnans beteende inte är helt normalt. Hon drar upp en schweizerkniv, håller den mot Kajsas sida och väser i hennes öra:

"Du tar tydligen inte mina varningar på allvar. Nästa gång kommer jag inte att nöja mig med att rispa..."

"Aj!"

Ingen har märkt något av det som skett. Fredrik är upptagen i samtal med professor Gregorius, och alla andra besökare flockas runt lokalreportern. Kvinnan försvinner snabbt ut ur lokalen innan Kajsa hinner påkalla uppmärksamhet.

Kajsa skakar i hela kroppen, och nu vänder sig Fredrik äntligen mot henne och undrar hur det är fatt.

"Vad är det? Har du fått PTSD? Men allt gick ju jättebra!"

"Kvinnan som var framme här", viskar Kajsa. "Hon varnar mig för att forska om boksamlingen, och hotade mig med kniv! Hon måste vara psykiskt störd."

Fredrik ser på henne med ett uttryck som tydligt visar att han tror att det istället är Kajsa som blivit tokig.

"Vadå kniv, jag såg inget. Varför skulle hon göra det? Hon verkade trevlig, tycker jag. Nog kan konkurrensen vara knivskarp, haha, och en del fula metoder används i den akademiska världen. Men knivhot? Nu överdriver du väl lite? Hon skojade säkert bara."

"Vadå, tror du mig inte? Tror du jag hittar på något sådant? Det är samma kvinna som antastade mig i Roma och som har skickat hotfulla sms."

Hon tar upp sin mobil, scrollar efter meddelandet men kan inte få fram det. Har hon råkat radera det av misstag?

"Så konstigt, jag vet att jag sparade det, ifall hon skulle skicka fler. Vänta, jag..."

Fredrik ser misstroget på henne och börjar samla ihop sina papper.

"OK, vi får prata om det senare. Jag måste gå nu, har ett viktigt möte med en känd historiker från Polen som råkar vara i Visby nu. Han kan ha viktiga upplysningar om skriftens ursprung."

"Men...vad..."

"Vi hörs, hej svejs!"

Jaha, så nu var Kajsa tydligen inte så viktig längre. Varför fick hon inte följa med och träffa den där polacken? Det var faktiskt hon som hade hittat boken. Hon borde inte vara överraskad, men hade ändå inte trott att Fredrik skulle visa sig vara en karriärlysten streber.

Hemåt i kvällningen

Hon sätter sig i bilen med blandade känslor. Ilska, rädsla, besvikelse. Och backspegeln är i fel läge igen. Konstigt, det har hänt flera gånger senaste tiden. Hon är säker på att hon inte själv har råkat stöta till den. Hade någon varit inne i bilen? Nej, nu börjar hon få förföljelsemani också.

Kajsa svänger in på gårdsplanen. Huset är mörkt, bara lampan i vardagsrumsfönstret lyser. Är inte Micke hemma ännu? Besvikelsen väller upp i bröstet. Hon hade inte räknat med att han skulle ha tid att komma på föredraget. Men han visste hur mycket dagen betydde för henne och hur nervös hon varit för reaktionerna. Prioriterade han ändå sina kompisar före henne? Skulle hon få sitta själv och äta middag? Ilskan tar överhand. Skiter väl i honom, tänker Kajsa, jag ska fira med en drink i alla fall. Eller fira, lugna ner mig snarare. Hon är fortfarande skakad av kvinnans utfall. Är det en galen stalker som hon fått på halsen?

Hon drar fram nyckeln för att låsa upp men upptäcker att det redan är öppet. Hennes irritation stiger. Micke brukade ofta lämna huset olåst då han menar att det inte är någon större risk för inbrott, eftersom det inte finns många kriminella element på Gotland. Eller hur. Samtidigt som Kajsa hänger upp jackan sniffar hon i luften. Det doftar gott av mat och hon hör att någon rör sig i köket. Där står Micke och ser belåten ut med spisrosor på kinderna.

"Välkommen hem, professorskan!". Han drar in henne i sin famn. "Nå, har du slagit alla besserwissrar med häpnad?"

Kajsa mumlar något jakande, för det är hon som blir mest häpen. Bordet är fint dukat med levande ljus, vinflaskan är öppnad och i ugnen står en hemlagad lasagne.

"Varsågod och sitt, ikväll är det Mickes taverna som står för middagen."

"Tack, älskling, vilken överraskning. Jag trodde inte du var hemma när det var mörkt i hela huset. Jag är jättehungrig, vad gott det ska bli" Hon känner sig skamsen över att haft låga tankar om honom. På hennes stol ligger ett inslaget paket.

"Va, ska jag få present också?"

"Äsch, tänkte att du behövde lite uppmuntran. Jag vet att du har haft extra mycket på jobbet med föredraget, och att jag har varit ovanligt sur den senaste tiden. Men jag har haft så mycket tjafs med alla förbannade EU-intyg."

Paketet innehåller en elektrisk blender. Hon ler för sig själv, klart att det skulle vara en praktisk sak. Hon uppskattar det i vart fall mer än om han gått och köpt ett slinkigt nattlinne eller exklusivt badskum på Åhlens. Det visade på verklig omtanke och att han faktiskt lyssnar på hennes prat. Inte alltid ordagrant kanske, men han hade uppenbarligen snappat upp att hon ville försöka äta nyttigare. Och att det skulle vara snabbt och enkelt att tillaga.

Inte nog med blendern, Micke har ytterligare en positiv överraskning på lut.

"Jag har lyckats få tag i en avbytare över påskhelgen. Så vi kanske kan komma iväg på en liten resa? Berlin som vi pratat om?"

"Åh, så kul! Jag kollar genast efter något mysigt hotell och bokar flyg."

Hon får ett mejl från Hans, författaren till krönikespelet. Han skriver att manuset fortfarande inte har kommit tillrätta, men att han försökt återskapa det. Han har spelat Ingar många gånger så han har det mesta i huvudet. Varför han kontaktar henne är för att en kvinna ringt honom, som ville ha upplysningar om källorna bakom pjäsen. Hans undrar därför om det är en kollega till Kajsa, eftersom han hört talas om deras fynd och föredraget på biblioteket.

Kajsa mejlar tillbaka att hon inte har pratat med någon eller lämnat ut hans telefonnummer, men lovar att kolla upp det och återkomma. Hon misstänker att det troligen rör sig om samma galna kvinna som nyss knivhotade henne.

Kap 11 Jean: Brothers in arms

Jean och Bonsack har ofrivilligt blivit bundsförvanter då de hamnat i samma knipa, som en följd av omständigheterna kring Laurentius död. Även om de inte helt litar på varandra finner de det ändå för gott att hålla ihop. De har också en gemensam fiende i kung Kristian. Bohnsack hade slutit ett avtal med kungen att om Roma kloster avstod från sina gods i Estland skulle de i gengäld få landskapet Skåne.

"Den där lömska skitstöveln lurades", muttrar han. "Han bröt överenskommelsen. Såg till att få sitt men jag fick minsann inte min del. Han är ohederlig och har inga skrupler. Går över lik för egen vinnings skull."

Dessutom hade Kristian hotat att stänga klostret så det är inte underligt att Bonsack känner djupt agg mot honom. Han är av förklarliga skäl inte heller Jeans favoritkung efter massakern på de forna klosterbröderna i Nydala.

De kan därför inte lita på länsherren på Visborgs slott. Sören Norby. Han har tjänat som amiral i kung Kristians flotta och räknas till hans närmaste män som troget stått vid kungens sida.

De har en plan. Ja, det är Bonsack som har kommit på idén, och Jean tycker att det låter bättre än att bli lämnad ensam kvar i klostret med Robertus. De ska bege sig till Visby för att lämna in boksamlingen till slottet. Bonsack säger att det är alldeles för riskabelt att låta böckerna vara kvar i klostret, då det är risk för att det kan plundras av ilskna bönder som inte förstår böckernas värde. Eller av Norbys lakejer som troligen inte heller förstår värdet och kan förstöra dem bara för sitt höga nöjes skull. Det bästa alternativet, menar han, är därför att föra bokskatten till slottet och lämna den i tryggt förvar hos Petrejus.

"Vem är den där Petrejus?"

"Han är slottspräst på Visborg", berättar Bonsack. "Han heter egentligen Niels Pedersen och kommer från Danmark, men är en rätt hygglig karl ändå."

"Ska vi lämna böckerna till en dansk präst?! Som är i länsherrens tjänst! Är det verkligen så klokt? Hur tänker du nu?"

"Nja. Han är inte bara präst, jag känner till att han även är en hängiven bibliofil. Så även om han säkert kommer att ta åt sig äran för att ha räddat böckerna, tror jag att det är säkraste stället. Det är i alla fall det bästa alternativ jag kan komma på i nuläget."

I skydd av mörkret smyger de båda kumpanerna ut så tyst de kan för att inte väcka Robertus, och lastar böckerna i korgar med nyskördade morötter på vagnen. Spänner för hästen och ger sig iväg i natten.

Jean har förätit sig på vinruta och har magknip. Inte har det heller hjälpt mot hans tankar på kvinnor. Börjar starkt överväga om han ska återvända till Småland. Längtar efter den lugna lunken på Svenamogården. Det var både stressigt och farligt på Gotland, inte alls som han hade tänkt sig. Hans tankar går till Elfrida. Hon var både gudfruktig och vacker. Samtidigt tänker han på den rödhåriga dag och natt. Ska han få träffa henne igen? Han slits mellan sina känslor för de båda kvinnorna. Mellan längtan efter ett vanligt Svenssonliv och sin gudstro.

Det är beckmörkt. Det passar dem bra för då kan de i skydd av mörkret ta sig osedda in till staden. Nackdelen är att de själva inte heller kan se knappt mer än handen framför sig. Det är tur att Bonsack känner till vägen lika bra som sin egen ficka. Han har varje månad inställelseplikt hos länsherren för att redovisa klostrets ekonomi och verksamhet. Jean kan inte annat än lita på sin kompanjon, i tron att det de ska företa sig är det rätta.

De skumpar fram längs den ojämna grusvägen. Ibland kränger vagnen till så Jean är på väg att falla av. Det är inte bara nattsvart utan också knäpptyst. Bara ljudet av vagnshjulens knarrande och hästens frustande. Men vad var det där? När de kommit halvvägs till staden märker Jean att det kommer någon efter dem. Ljudet av hästhovar som inte är från deras egen gamla Trogen.

Bonsack har också uppmärksammat det. Ger signal till Jean att hålla sig fast och styr snabbt ekipaget in på en smal stig. Hovklappret kommer närmare. Är de förföljda? Eller är det bara ett följe på väg hem från ett sent gästabud? Knappast, ingen skulle ge sig ut mitt i natten utanför staden om man inte var av nöd tvungen. Eller är ute i något ljusskyggt ärende som de själva är.

Jean är på helspänn. Hur många är de? De har inte en chans att kunna skaka av sig förföljarna. Det enda de kan göra är att lägga sig i bakhåll och hoppas på det bästa. Bonsack leder in hästen och de tar skydd bakom ett stort stenblock. Gör sig beredda. Jean med pilbåge, Bonsack med stenar. De hör en mansröst i mörkret.

"De har tagit av mot Follingbo. Vi tar dem snart."

Strax passerar två beridna soldater stenen. Jean spänner bågen, siktar, släpper i väg en pil. Jädrans. Missar med en hårsmån den förste soldatens huvud. Nu är de röjda och måste agera snabbt. Samtidigt som soldaten tar sig för bröstet när Jean får in en fullträff och faller av hästen, slungar Bonsack en stor sten som träffar den andre mitt i skallen. Soldaterna ligger jämrande på marken och deras hästar galopperar skrämda därifrån. Ingen tid att förlora, de spänner för vagnen och vänder upp på vägen.

"Det var nära ögat! Let's get the hell out of here!"

Jean förstår inte riktigt vad hans följeslagare säger men hoppar vigt upp på vagnen.

"Tog vi död på dem? Gode Gud, då är vi ju också mördare!"

"Vi agerade i nödvärn", svarar Bonsack. "Men det är säkert ingen fara, de tuppade nog bara av."

Slottsvisit

De fortsätter sin färd mot Visby och slipper fler överraskningar. Det börjar ljusna och snart ser de konturerna av ringmuren. Slottet eller snarare borgen. Visborg. Kommer de att bli insläppta i örnnästet?

"Halt, vem där?"

"Jag är Johannes Bonsack, abbot för Roma kloster. Och detta är min broder Jean."

"Varför kommer ni så okristligt tidigt?" Vakten ser misstänksamt på dem.

"Vi munkar har tidiga vanor och är alltid uppe med tuppen. Arla morgon har guld i mund. Herkules stod upp arla en morgon i första sin ungdom. Så gör även Gudinnan Aurora. Vi vill också hinna tillbaka inom ett dygn därför gav vi oss iväg tidigt. Vi har ett viktigt ärende till domine Petrejus".

"Har ni avtalat tid?"

"Jag hann inte sända bud med anhållan om audiens, då det blev brådskande att bege oss iväg. Vi hoppas att vördig slottsprästen ändå ska ta emot oss."

"Följ mig! Ni kan lämna hästen där!"

De följer efter vakten in genom lantporten till den väldiga borgen. Över borggården och längs en lång gång tills de kommer till andra sidan. Går en trappa upp till kansliet. Blir tillsagda att vänta på besked huruvida Petrejus har tid för att ta emot dem. Jean är nervös men ser på Bonsack som verkar lugn och samlad. Skulle han kunna vara en mördare trots allt? Verkade inte ha känt någon empati med soldaterna som de slagit till marken. Det är något undflyende i hans uppträdande, som om det ändå är något han döljer.

Jean börjar bli otålig då väntan blir lång. Sitter och gungar på stolen och suckar högt. Får ett irriterat ögonkast från Bonsack och försöker sitta stilla fast han är rastlös. Så hörs snabba steg och dörren slås upp. En betjänt gör en servil gest innan slottsprästen Petrejus gör entré.

"Var hälsad, vördig Petrejus", bugar sig Bonsack.

"Tack, var hälsad, abbott Bonsack. Vad förärar mig ert besök?"

"Det är ett delikat ärende. Jag önskar er fulla diskretion."

"Självklart", försäkrar Petrejus. "Det låter allvarligt. Jag har hört rykten om att det är dålig psykosocial arbetsmiljö i ert kloster. Stämmer det? Vi kanske ska koppla in HR?"

"Det behövs inte. Det är falska rykten som florerar som bygger på missförstånd. Vi kommer att ordna upp våra interna problem själva. Mitt ärende handlar om något helt annat. Det rör sig om böcker."

"Böcker?" I Petrejus ögon tänds en gnista. "Låt höra!"

"Vi har ett väsentligt stort och fint bibliotek i klostret. Mest teologiska urkunder förstås men även en del andra värdefulla verk."

"Jaha." Slottsprästen låter avvaktande. "Jag kan tyvärr inte bidra med penningar för bokinköp."

"Nej, nej. Problemet är att vi inte har tillväxtutrymme. Vi skulle behöva ett magasin. Eftersom det är trångt och vi inte har plats för mer böcker, tänkte vi anhålla om att få flytta en del av beståndet till slottet. Den enda säkra plats vi känner till. Och dessutom känns det tryggt att kunna anförtro samlingen till en boklärd och gudfruktig man som ni."

"Ta hand om en boksamling? Hmm. Jaha. Jo, men det skulle jag möjligen kunna ordna."

"Vi har faktiskt tagit med oss böckerna redan. Det är angeläget att de omgående kan tas om hand."

105

"Hämta hit dem så får jag se om det kan vara värt besväret."

Petrejus tittat lystet på lådorna och dyker genast ner med huvudet i den största. Tar upp en bok, bläddrar. Tar upp en annan. Skrockar förtjust.

"Hm, hm, intressant, Ciceros epistlar, den känner jag förstås till. Och Caesars kommentarer om de galliska krigen. Det var mer än vad jag förväntat mig att ni skulle ha i ert lilla klosterbibliotek. Ni kan lugnt lämna dem i mitt trygga förvar. Jag ska vårda dem lika ömt som om de vore mina egna barn." Han ler och vaggar inkunabeln i sin famn. Jean ser frågande på Bonsack. Ska de verkligen lämna samlingen till den där lismande dansken? Även om han nu råkar vara präst? Kan de verkligen lita på den där Nisse, eller vad han nu hette?

"Jag vet vad du tänker", viskar Bonsack, då slottsprästen vänder ryggen till, fullt upptagen med att undersöka lådans innehåll. "Att jag är dum och lättlurad som lämnar böckerna i Petrejus händer. Jag är medveten om att han redan betraktar dem som sin egendom, och med all säkerhet kommer att använda det till sin fördel. Men du förstår, jag har hört av mina abbotkolleger att det stundar andra tider. Reformister är på intåg och nya vindar blåser. Kronan har börjat konfiskera klostrens tillgångar. Så av två onda ting, bättre att en girig bibliofil som Petrejus får samlingen. Han kommer inte att göra sig av med böckerna och de kommer i alla fall att bevaras för framtiden. Även om vi troligen inte kommer att se röken av dem mer."

Han har alldeles rätt i sitt antagande. Petrejus tänker absolut inte förstöra eller avyttra böckerna. Han tänker skriva om dem i sin historiska krönika om Gotland. Problemet är bara att Petrejus begår ett misstag då han berättar om sitt nya uppdrag för länsherren Norby. Som inte alls är intresserad av själva böckerna, men som ser en chans att visa upp dessa för kung Kristian. En värdefull boksamling från klostret borde väl ändå väcka kungens intresse? Något som kan imponera på Kristian och därmed ge honom favörer.

Han verkar annars ha glömt bort sin lojale amiral. Har inte hört av sig på flera månader. Norby känner sig ensam och övergiven.

Kap 12 Kajsa: Räddaren i nöden

Kajsa studerar den digitala versionen av handskriften på skärmen. Det är svårt att tyda den medeltida stilen, men ändå lättare än om hon bara haft originalet. Hon går noggrant igenom sida efter sida. Vad är det som de har missat? Vad är det för hemlighet som döljer sig bakom de sirliga bokstäverna?

Kunde den innehålla bevis för att Gotland var goternas ursprung? Det fanns många teorier om varifrån det germanska urfolket goterna härstammade. Anhängare av göticismen lanserade på 1800-talet teorin att Sverige var goternas urhem, då man ville åberopa ett ärofyllt förflutet. Vissa historiker har dock senare pekat på att det kan finnas kopplingar till både Danmark och Sverige, där Gotland kan vara en länk.

Den senaste tesen var att självaste Beowulf var gotlänning. Ja, vem vet? Fast Kajsa undrar förtrytsamt, i egenskap av inflyttad gotlänning med blekingska rötter, varför det alltid är Gotland som hamnar i rampljuset? Guldgubbarna som hittats i Vång utanför Ronneby är tecken på att det troligen hade varit ett betydelsefullt maktcentrum redan på forntiden. Blekinge hade också spelat en viktig roll i dragkampen mellan Sverige och Danmark under de många krigen i Östersjön. Karlskrona, staden som Karl XI grundade och där anlade en örlogsbas, var påtänkt som huvudstad och var landets tredje största stad i början av 1700-talet.

Men vänta lite, vad var det där? En knappt synlig anteckning i marginalen. Hon förstorar upp till det yttersta läget.

"Vi fann codex i Roma. Petrejus falsk. Jean"

Jean? Vem var han? Namnet lät franskklingande. En fransman som hamnat på Gotland? Nå, det var inte otänkbart att någon franskättad munk kunde ha tagit sig dit. Då hade Petrejus alltså varit inblandad på något sätt. Han hade kanske inte hittat på om boksamlingen när allt kom omkring, som alla forskare trodde. Men vart hade han tagit vägen med böckerna? Fanns det fler ledtrådar i skriften?

Hon måste ta reda på vem den där Jean var, hur det nu skulle gå till. Släktforska? Om hon skulle kunna hitta några ättlingar med franska gener på ön. Men det skulle ta för lång tid, det var inget man gjorde på en kvart. Hon kan ju knappast begära att alla gotlänningar skulle gå och köpa dyra DNA-tester och topsa sig för hennes efterforskningar.

Eller skulle hon ta ett annat spår och undersöka om dess proveniens kunde ge något svar på gåtan. Vem hade ägt skriften innan den hamnade i läroverkssamlingen? Fanns det något exlibris, någon stämpel eller fler noteringar?

Spår 1. Hade Petrejus fått boken i sin ägo? Vart tog han vägen när han lämnade Gotland? Visst flyttade han till Skåne? Han skriver om klostrets boksamling i sin krönika efter att han lämnat ön. Då måste han väl haft med sig böckerna. Eller?

Spår 2. Petrejus var slottspräst på Visborg där Sören Norby var högsta hönset. Var det istället han som hade lagt vantarna på böckerna? Men varför skulle Petrejus ha lämnat ifrån sig dem? Hade Norby kanske haft någon hållhake på honom? Då är det kanske snarare Norby som verkar mest misstänkt och som hon ska sikta in sig på.

OK. Om nu Norby kan ha tagit med sig boksamlingen, måste hon undersöka hans vidare öden efter att han lämnat Gotland. Enligt Wikipedia fick han tjänst hos en rysk furste och slutade sina dagar i Belgien. Men vad gjorde han innan dess? Inte kan han väl ha släpat med sig böckerna på sina färder runtom Europa?

Om det nu inte var så enkelt att boksamlingen förstördes vid danskarnas sprängning av slottet, vilket var den vedertagna teorin. Det hade varit många som forskat under årens lopp, så vem var Kajsa att tro att hon skulle finna något oupptäckt? En vanlig bibliotekarie? Hade hon gått och fått hybris?

Hon besinnar sig ett tag, men är inte beredd att ge upp ännu. Hon har trots allt funnit en skrift som ingen har sett tidigare, så det är ett nytt spår. Ett coldcase visserligen, men precis som andra preskriberade fall kunde det ge ny information.

Vilka av hennes föregångare skulle kunna ha upplysningar? De var förstås inte själva i livet längre, men deras efterlämnade verk kunde innehålla ledtrådar. Vem hade varit den mest hängivne bibliotekarien? Mathias Klintberg förstås! Mest känd som folklivsforskare och fotograf, och för sin brevväxling med bonden Mattias "Fäi-Jakå" Karlsson.

Men han hade också varit ansvarig för läroverksbiblioteket nästan 30 år, och en idog boksamlare som månade om "sina" böcker och särskilt Gotlandslitteratur. Var kanske mest intresserad av att förvärva böcker, men hans "Lärjungesamling" var det första skolbiblioteket på ön. Köpte reseberättelser och historieböcker som skulle passa eleverna och införde nya låneregler.

Kajsa sätter sig och går igenom lådorna med handskrivna katalogkort över lärjungesamlingen. Hon fastnar för ett slitet kort som sticker upp. Hon kan knappt tro sina ögon, kan det vara sant? Historia Gothica! Hade man inte lagt in hela katalogen i databasen? På baksidan står med knappt urskiljbara bokstäver. Roma kloster.

Yes! Nu har hon belagt att boken funnits i samlingen. Där såg man vilken betydelse katalogisering kunde ha! Klintberg var räddaren i nöden!

Men frågan är ändå var resten av klostrets stora boksamling tagit vägen? Och hur det kunde komma sig att bara denna skrift från klostret fanns kvar? Hade det varit den enda boken som räddats ur slottets ruiner?

Kajsa får ett tecken när hon är nere i magasinet. När hon vevar compactushyllorna faller en bok i huvudet på henne. "Utkast till Blekinges beskrivning och historia".

111

Hon får en förnimmelse, men kan inte riktigt beskriva vad det är hon känner. Det är svagt, men hon är säker på att det vill säga henne något. Blekinge. Vänta nu. Norby hade en tid haft en militär bas och sitt kompani i Blekinge. Närmare bestämt utanför Ronneby. Kan Norby ha tagit boksamlingen till Ronneby? Sedan tuppar Kajsa av och blir liggandes raklång på det kalla cementgolvet.

"Hallå! Är det någon här?"

Det är Tobias som kikar in i valvet för att försäkra sig om att det inte är någon obehörig som smugit sig in. Först upptäcker han inte Kajsa eftersom hon ligger inne mellan hyllorna, men ser hennes fötter sticka ut och skyndar fram till henne. De har nyligen gått en HLR-kurs så han kollar vant puls och andning. Kan konstatera att Kajsa andas, har inga tecken på synliga blödningar men är inte vid medvetande. Medan Tobias slår 112 kastar han ett getöga på henne. Ser att hon rör på sig och försöker säga något.

"Ronneby!"

"Ja", säger Tobias lugnande. "Du kommer från Ronneby. Kommer du ihåg vad som har hänt? Har du ramlat och slagit i huvudet? "

"Jag vet vem som tog böckerna."

"Har någon varit här och tagit böcker? Har du blivit överfallen av en boktjuv?"

"Klintberg visste."

"Mathias Klintberg? Men han lever inte nu. Eller menar du någon annan person med samma namn?"

Tobias fortsätter att prata lugnande tills ambulanspersonalen dyker upp och tar över. Han vet att personer som råkat ut för en olycka kan bli panikslagna och till och med aggressiva.

"Hej, hur är det här? Vad är det som har hänt"

"Jag hittade henne avsvimmad på golvet. Hon har nog fått en hjärnskakning Verkar förvirrad och som om hon fått minnesförlust också."

"Klintberg", mumlar Kajsa. "Jag har sett ljuset. Han vägleder mig. Till Blekinges kuster."

Tobias ger dem en blick och skakar lätt på huvudet. Det är nog värre än vad han befarat.

I Berlin

Kajsa får ligga under observation då hon fortsätter att yra om Blekinge och Norby. Men blir hemskickad ganska snart då hon inte anses utgöra något hot mot vare sig själv eller sin omgivning, med sträng ordination att hålla sig lugn och vila åtminstone en vecka. Det passar henne bra, då kan hon fortsätta sin research hemifrån. Och Micke pysslar om henne så mycket han hinner mellan varven, ilar mellan ladugården och huset.

Påskhelgen stundar, och skulle de nu behöva avboka Berlinresan på grund av Kajsas tillstånd? Hon hade förstås inte tagit något avbeställningsskydd, småsnål som hon är. Då hon inte tycker att det är något större fel på henne bestämmer de sig ändå för att genomföra resan.

Men weekendresan som skulle sätta fart på kärlekslivet och relationen blir inte den romantiska tripp som hon hade hoppats på.

Det börjar visserligen bra. Kajsa hänger med på Mickes stadsvandring i Hitlers fotspår och tillbringar en halv dag på Militärhistoriska museet. Och Micke går motvilligt med till både Judiska muséet och Stadsbiblioteket. De äter knödel och wienerschnitzel på ölhall. Men sen vill han stanna kvar och dricka det ena stopet öl efter det andra. Får en släng av storhetsvansinne som alltid när han dricker för mycket och ska prata med alla. Utom med Kajsa, som får sitta och låtsas vara

113

omåttligt intresserad av fotbollsmatchen på storbildskärm. Hon försöker påkalla uppmärksamhet från honom och menar att de borde gå hem till hotellet, eftersom de har en inplanerad utflykt tidigt nästa morgon. Hon får till svar att hon är en tråkmåns som alltid ska vara så måttlig med allting.

De missar utflyktsbussen nästa dag. Frukost under tystnad, Micke är bakfull och Kajsa sur. Det är ändå hon som får ta första steget och fråga vad de ska göra istället. Hon får till svar att Micke ska ta det lugnt och vila. Det är väl semester? Hon kränger på sig sin nyinköpta vårkappa och svarar inte när han frågar vart hon ska gå. Tar sin handväska och slänger igen dörren.

Det är milt höstväder och hon blir på lite bättre humör efter en stund. När hon står rådvill och försöker lista ut vilken gata hon ska ta, stannar en man och frågar om hon behöver hjälp. När mannen hör att hon är svenska berättar han entusiastiskt att han varit i Stockholm flera gånger. En vacker stad som han tycker mycket om. Och Småland, han har vänner som har sommarhus där. När han föreslår att de ska gå och ta en fika så tvekar hon först. Men varför inte? Micke låg hemma på hotellet och sov gårdagens rus av sig. Hade förstört deras utflykt. Då kunde hon minsann unna sig en fikastund med en trevlig och snygg tysk.

Micke messar framåt kvällen och undrar när hon kommer och var de ska äta middag. Hon struntar i att svara. Hon tar istället en öl till med tysken.

När hon sent omsider kommer hem till hotellet är Micke ångerfull. Ber om ursäkt för att han hade druckit för mycket och att de därför missat utflykten. Bjuder på försoningsmiddag på fin restaurang och det blir trots allt en trevlig avslutning på resan. Men de har bara legat med varandra en gång under semestern.

Kap 13: Jean Oväntat möte

Efter besöket på slottet går Bonsack och Jean en sväng på stan.

"Ska vi inte unna oss en öl? De har en väldigt god sort på Lilla Bärs", föreslår Bonsack.

"Borde vi inte fara tillbaka till Roma genast? Jag är inte så förtjust i stan."

"Jamen, vi hinner ta en lille först", envisas Bonsack.

Jean känner sig illa till mods, men får ändå följa med honom på en krogrunda. Är han en birhals också? Förutom misstänkt mördare? Dryckesbröderna som han spelat bräus med vinkar igenkännande när de ser Jean. Nej, han vill inte bli indragen i något mer trubbel.

"Kom vi går!" Jean rycker nervöst i Bonsacks rock.

Bonsack blir även han igenkänd och de får hastigt bryta upp och fly därifrån. Mördare! Falska profeter! Kättare! De jagas av en flock uppretade stadsbor genom staden.

Jean stöter ihop med den rödhåriga kvinnan igen. Hon Hildegard. Hon förstår genom Jeans skräckslagna uttryck att de är i fara. Hon leder in männen i gränden och släpper in dem i sitt hus.

"Ni kan stanna här tills pöbeln har lugnat ner sig", säger Hildegard. "Det är bara min mor och jag som bor här, men hon är ute och arbetar nu. Är ni hungriga?"

Hildegard dukar fram bröd, ost och dryck. Jean tittar i smyg på henne, kan inte tro sina ögon att han träffar på henne igen. Vilken ödets nyck. Han som annars inte brukar vara mållös kommer inte på någonting att prata om. Det är helt tomt i huvudet. Han sitter och mumsar förläget på sin brödbit. Hildegard verkar inte låtsas om att de har mötts tidigare, men när han råkar titta upp rodnar hon och vänder bort blicken.

När hennes mor kommer hem uppstår det en märklig situation. Hon tvärstannar och stirrar med uppspärrade ögon på Bonsack. Som om hon ser en vålnad från det förflutna. Jean och Hildegard förstår ingenting, men de känner båda den spända stämning som uppstått. Bonsack ser i sin tur lika överrumplad och skakad på kvinnan framför sig. Kastanjebrunt hår med några gråa stänk. Lite rundare om höfterna, men samma energiska glimt i ögonen. Katarina.

Johannes. Mannen hon var så förälskad i, stilig, rolig, envis. När den första förvåningen släpper kommer ängslan. Katarina känner till att han nu är abbot och inte den charmige yngling hon var så kär i. Hon har också hört rykten om att ett mord ska ha blivit begånget i klostret. Hon vet ingenting om den man som nu står framför henne.

"Abbot Bonsack. Vad gör du i mitt hus?" viskar hon.

"Jag…jag vet inte. Eller jag menar, jag visste inte att det var ditt hus. Vi fick hjälp av den unga flickan här."

"Ursäkta mig, men varför är ni så konstiga? Känner ni varandra?" Nu får Jean tillbaka målföret.

"Ja, vi har träffats. För många herrans år sedan, när vi var unga. Jag var novis då och Katarina var nunna i Solberga kloster. "

"Men det är väl inte tillåtet för nunnor och munkar att umgås?", säger Jean och ser upprört på dem.

"Nej, men vi blev förälskade i varandra. Vi visste att det var förbjudet, men vi kunde inte stå emot. Det var för starka känslor. Vi gjorde allt för att kunna ses, men i smyg förstås."

"Jaha, men vad hände då? Har ni inte träffats sedan dess?"

"Jag ville inte förstöra hans karriär", förklarar Katarina. "Jag visste att han var utvald att efterträda på posten som abbot. Jag gav därför upp mitt kall som nunna och har levt ett tillbakadraget liv här i staden."

"Du bara försvann", utbrister Bonsack. "Jag trodde att du inte längre hade några känslor för mig."

"Jag var tvungen. Jag ville inte att du skulle behöva välja. Mellan mig och Gud. Jag visste att du inte kunde. Jag skrev ett brev till dig."

"Ja, som jag hittade först igår av en slump. Det har troligen undanhållits mig", säger Bonsack. "Men varför lämnade du nunneklostret?"

Katarina gör en svepande gest med sin hand över sin mage.

Bonsack ser intensivt på henne, som om han inte kan tro att hon sitter där framför honom. I samma rum. När det går upp för honom vad hon menar är han nära att brista i tårar.

"Du menar.. att du blev…"

"Ja, Johannes, vi tillbringade en natt tillsammans. En underbar natt."

Hon gör en paus, för att med tillbakahållet lugn fortsätta.

"Och följaktligen med det resultat som det kan bli efter en sådan natt. När jag förstod att jag var gravid stod jag inför alla helvetes kval. Att ta bort det och fortsätta som nunna. Eller lämna klostret och föda barnet."

"Och du valde…?"

Hon pekar på Hildegard, som suttit alldeles stilla och förstummad. Hennes mor har alltid undvikit hennes frågor om vem som var hennes far. Hon har slutat fråga, tillåter sig inte tänka på det längre. Ingen mening att grunna på något som ändå aldrig skulle få något svar. Tills nu. Hon griper Jeans hand som råkar finnas där i närheten, han kramar tillbaka.

117

Johannes tar ett steg fram och sluter Katarina i sin famn. Efter alla år som förflutit då de längtat efter varandra. För all tid som har gått förlorad. De står länge tysta och stilla vaggande.

"Jag skulle ha lämnat mitt ämbete om jag hade vetat."

"Skulle du, Johannes?"

Han tvekar en stund, måste vara sann mot sig själv.

"Jag tror det. Men det är förstås lätt att stå här och bedyra det nu. Jag förstår att det inte betyder något för dig. Men jag visste ju inte!"

Hildegard tittar på paret som omfamnar varandra. Hennes mor och... hennes far? I hennes inre rusar alla känslor runt, runt. Hon kan inte känna något omedelbart för honom. Hon känner ingenting. Han representerar en annan klass, en Guds man, en abbot, så främmande. Visserligen är hon uppfostrad efter den kristna tron, men de hade ändå levt ett någorlunda normalt liv bland vanligt folk i staden. Modern har alltid arbetat, dubbla skift, gjort allt för att de skulle klara sig. För att Hildegard skulle få möjlighet att lära sig läsa och skaffa sig ett yrke. Hade lämnat sitt liv som nunna. Hon känner ett styng av ilska mot mannen. Varför har han inte försökt hitta sin älskade? Vad skulle det göra för skillnad nu? Modern har aldrig haft någon annan man, levt ensam hela tiden och klarat sig själv. Det hade varit de två hela tiden. Skulle det förändras nu?

Bonsack vänder sig mot Hildegard och ser osäkert på henne.

"Jag förstår att det kommer som en chock för dig, liksom för oss alla. Ja, inte för dig förstås." Han vänder sig och ler mot Katarina som ger honom en grimas tillbaka. Precis som förr.

"Jag väntar mig inte att du ska acceptera mig på en gång som din far. Och jag behöver nog också tid på mig att vänja mig vid tanken att jag har en dotter. Men jag hoppas att vi med tiden ska kunna ha någon slags relation."

"Ja, abott...far", viskar Hildegard. Tvekar men tar ett steg
fram och kysser hans hand.

"Just nu är jag rådvill. Vet inte hur jag ska göra. Återvända till
Roma? Till ett kloster som ändå snart ska stängas? Eller
kanske stanna här i staden? Och börja om på nytt?"

Bonsack ger Katarina ett förstulet ögonkast.

"Men jag då? Jag vet inte heller vad jag ska göra!" utbrister
Jean.

Han känner sig utanför den oväntade släktsammankomsten.
Ensam och övergiven. Saknar sin egen familj som han lämnat
i Frankrike. "Så herrans rörigt allting är på Gutaön!"

Kap 14 Kajsa: Kajsas (k)val 1

Så blir det vardag igen och livet flyter på i den vanliga lunken. Till den torsdag då Kajsa kommer hem från jobbet och tar in posten. Ett vitt kuvert faller från gratistidningen, adresserat till henne. Hon tänker att det är väl bara något erbjudande om förmånliga lån, men sliter hastigt upp brevet för att i alla fall kolla vad det är.

Skadestånd. Konkurs. Inom 14 dagar. Svar. Annars. Inkasso. Rättsliga påföljder. Bokstäverna flyter ihop, hon letar efter sina glasögon. Hon har nog läst fel. Det måste vara ett misstag. Det är säkert något med EU som Micke får ta hand om.

"Det har kommit ett brev från en juristfirma, om konkurs och utmätning. Har du missat någon EU-blankett, älskling? Kajsa skrattar menande och ger honom en puss på kinden.

Micke skrattar inte. Han ler inte ens, utan ser gravallvarlig ut. Som om han hade sålt fåren och tappat pengarna. Vilket det visar sig att han också har gjort.

De sitter vid köksbordet med den rutiga vaxduken och den solkiga historien rullas upp.

Det är riktigt illa ställt med gårdens ekonomi. Micke har lån upp över öronen, och för att betala av har han börjat spela. Keno, Travet, Casino. När han väl hade börjat kunde han inte sluta. Till en början hade han också vunnit, men sen gick det allt sämre. Han förlorade mer och mer pengar. Nu hade det gått så långt att gården är begärd i konkurs. Han är tvungen att sälja eller försöka hitta en delägare.

"Men min insats då? Mitt sparkapital som jag satsade som du lovade skulle ge dubbelt tillbaka?"

"Tyvärr borta. Eller rättare sagt i Swedbank."

"Men varför har du inte sagt någonting? Du har låtsats som om allt är bra, eller ja, du har väl klagat över ekonomin ibland. Men inte att det var så stora problem. Och att du har spelat! I smyg dessutom! Om du bara hade talat om för mig hade vi kanske kunnat komma på en lösning!"

Det är droppen som får bägaren att rinna över. Att gården begärts i konkurs var egentligen inte det värsta. Utan för att han inte berättat för henne utan hade hållit allt för sig själv. Dessutom använt hennes pengar och gått bakom ryggen. Kajsa känner sig sviken, ska man inte ens kunna lita på sin partner? Samtidigt har hon dåligt samvete för att hon lämnar det sjunkande skeppet och överger honom när han är i trångmål. Hon hade stannat om han hade sagt något medan tid var. Men nej, han får klara upp det själv. Inte lurad en gång till av en karlslok.

Hon packar sina saker medan hon spelar Eurythimics 80-talshit på hög volym.

"I cleaned the floor. I packed my bag. Watch me walking. Now I am leaving you". Did I lie to you? Hey!"

Stuvar in väskor, kartonger och kassar i sin lilla bil, försvinner i en rivstart. Mot solnedgången.

Kajsas k(val) 2

I äldre tider kallades Väskinde för den ljusa socknen, efter sina sumpmarker (vis) och branta sluttningar (kindar) vilket gav dess namn. Det blir mer förståeligt om man besöker Själsö fiskeläge och Brissunds strand som ligger inom sockengränsen, liksom konstnärshemmet och naturreservatet Brucebo. Kornetten är ett skogsområde som fått sitt namn efter den siste karolinen på Gotland som hade bott där. Norr om samhället växer exotiska idegranar och på Skäggs gård odlas morötter i stora lass.

Micke och Kajsa har separerat och hon har flyttat ut från lammgården. Hon har dock blivit så fäst vid Gotland att hon bestämmer sig för att stanna kvar på ön. Hon har tur och får en hyreslägenhet med liten vildvuxen täppa i Väskinde. En liten socken dryga milen norr om Visby med en skola, bygdegård och kyrka, för övrigt är det åkrar och någon enstaka skogsdunge. Hon trivs bra, det är lugnt och fridfullt, som att bo på landet men ändå nära till staden med dess utbud.

Kajsa har suttit i ett sent möte på jobbet. Är vrålhungrig så hon styr kosan rakt mot frysdisken med pajer på ICA. Hon vet att hon inte borde, men har så svårt att ta sig ur sitt missbruk. Hon är nära att krocka med en medelålders man som verkar ha samma mål. I sin iver att komma först råkar hon riva ner prisskylten och mannen dyker ned för att ta upp den. De slår i varandras huvud och skrattar generat. Kajsa upptäcker att det är guiden från Uppsala som hon hade gått på stadsvandring med. Så pinsamt att stöta på honom här bland färdigrätterna. Svettig är hon också efter att ha småjoggat uppför Hästgatan.

"Dessa är mest prisvärda, men de där är godare", pekar mannen.

"Håller med", säger Kajsa. "Jag brukar ta de billiga i veckan, och "Hermans hembakta" på fredagskvällen."

123

"Fast ibland skulle man ju vilja ha något annat gott. Det blir lite tjatigt i längden med paj och pizza," inflikar mannen." Men det är så tråkigt att laga mat till bara en person. Alltså till sig själv."

"Mmm", håller Kajsa med.

"Jag tycker jag känner igen dig, var du inte med på vandringen i förrgår?" frågar mannen.

"Jo, det var jag. Det var mycket intressant och trevligt."

"Tack, det var roligt att höra."

De står kvar och ler generat mot varandra, men ingen kommer på något mer att säga. Kajsa står och väger på fötterna, vill inte riktigt gå därifrån.

"Ja, hhmm, jag ska…"

"Ja, men, trevligt att träffas, ha det så bra", säger hon och gör sig beredd att gå.

"Ursäkta om jag är framfusig, men är du upptagen? Eller jag menar, har du några planer för kvällen?"

"Njaa, inte direkt. Eller nej, inte mer än att äta den där pajen och kolla på någon serie", medger Kajsa.

Mannen petar upp sina glasögon och gör ett tappert försök att platta till sitt bångstyriga hårburr.

"Om vi skulle, äh, strunta i de där pajerna, gå ut och äta på resaturang ikväll istället?" föreslår mannen. "Vad säger du?"

Den första instinkten är att fly. Tacka för inbjudan, men nej tack. Vad är det för en galning som gör en invit på ICA? Är han desperat? Eller kvinnojägare? Och hon har precis avslutat ett förhållande, inte ska hon kasta sig huvudstupa in i ett nytt på en gång? Men hallå, vem har sagt något om förhållande? Killen frågade bara om de skulle gå och käka lite mat. Skulle det vara så farligt? Börjar det inte bli lite väl tjatigt med de där pajerna? Inte har hon gått på restaurang på länge heller.

"OK, det kan vi väl göra. Har du något förslag på vart vi ska gå?"

"Hm, nej, jag tänkte att du som bor i staden vet något bra ställe?"

"Joda är alltid ett säkert kort, trevlig personal, god mat och bra prisnivå."

De går till restaurangen nere vid hamnen och beställer in varsin jättetallrik med taco. Det är inte ens pinsamt tyst i början, de har mycket att prata om, små och stora ämnen. Visst hjälper ölen till att det blir avslappnat, men det är inte bara därför. De klickar helt enkelt. Edvard, som han heter, är både rolig och intressant. Det var länge sedan Kajsa haft så trevligt och skrattat så mycket.

När de skiljs åt frågar Edvard försynt om han möjligen kan få hennes mobilnummer, och om de kanske kan ses nästa gång han kommer till Visby? Kajsa får plötsligt bråttom och säger att hon måste hinna med sista bussen, och skyndar med snabba steg därifrån mot Östercentrum.

125

Kap 15 Jean: Fångarnas kör

Bonsack inser att han måste fara tillbaka till Roma. Han kan inte lämna klostret vind för våg för att rädda sitt eget skinn. Han skulle så klart helst vilja stanna hos Katarina nu när han återfunnit henne. Vill inte alls lämna hennes varma famn. I hennes närhet väcks känslor till liv i hans kropp som länge har varit förträngda. Men om de ska ha en framtid tillsammans är han tvungen att först ställa allt till rätta efter det som har hänt i klostret.

Han bestämmer sig för att skicka ett nytt brev till ediktet och förklara sin inblandning i Laurentius död. Han bör då bli rentvådd och fri från alla misstankar om att han skulle vara skyldig till mord. Han har ändå varit en aktad och omtyckt abbot och haft goda relationer med sina överordnade i moderklostret. De kommer att tro på hans historia, även om det florerar andra illavarslande rykten som kan ha nått deras öron.

Bonsack känner dock en stark motvilja mot att återvända till klostret. Robertus är det största orosmolnet. Han har visat tecken på att ha radikaliserats. Vem vet hur långt han är beredd att gå? I sin stränga renlärighet och bokstavstrogna hängivenhet? Visst skulle de följa Bernards ursprungliga regler, men Bonsack anser att man måste anpassa sig till samhällsutvecklingen. Ha fördragsamhet med människors tillkortakommanden. Hade det inte varit Jesus främsta budskap? Bonsack anar också andra ugglor i mossen. Varför hade han reagerat så starkt när de fått veta om Laurentius? Kunde det vara så att Robertus också hade hyst heta känslor för Laurentius, fast han försökte dölja det med dubbel avsky?

127

Jean är besviken över att behöva lämna Hildegard nu när han av en slump råkat hamna i hennes hus. Men han får återigen strängt påminna sig själv om att han är munk och inte bör tänka på kvinnor. Kan det finnas något mer verkningsfullt än vinruta mot de pockande tankarna? Ja, det är nog klokt att återvända till Roma. Bättre än att stanna i staden med alla dess lockelser. Kanske skulle munkarna som flytt eller gömt sig återvända till klostret när Bonsack ordnat upp allting. Då kunde Jean ta över ansvaret för köksträdgården. Påta i jorden, så och se nya växter spira. Det är det han allra helst vill syssla med, och läsa någon god bok emellanåt. Det ska bli roligt, intalar han sig själv, medan han ser längtansfullt efter Hildegard.

Efter att Bonsack har tagit ett ömt avsked av Katarina och Jean vinkat tafatt farväl till Hildegard, beger sig de båda kärlekskranka munkarna till marknaden. De behöver inhandla varor så de ska klara sig ett tag. Rep, tjära, pergament, färgpigment. Kryddor och olja.

Med vagnen nu lastad med förnödenheter och material istället för böcker sätter de fart genom staden. De kommer dock inte så långt då de blir stoppade vid den östra porten. Stadens passage är bevakad och ingen släpps in utan tillstånd. Men de är på väg ut så det är märkligt att de vakthavande soldaterna nu kräver att få se deras papper.

Bonsack räcker fram sitt intyg som ger rätt till fri passering, men blir förvånad då han inte genast får det tillbaka. Vakterna står länge och diskuterar sinsemellan och verkar villrådiga. Bonsack ger Jean ett nervöst ögonkast. Varför tar det sådan tid? Han vet att hans egna papper är i ordning, med sigill och allt. Är det Jean som är problemet? Han är ju svensk...Eller vill de bara visa sin makt, för att jäklas?

Nu kommer det ytterligare soldater till porten som tar över befälet. Innan Bonsack och Jean hinner förstå vad som händer finner de sig ha blivit bakbundna.

"Vad är det frågan om? Släpp oss!"

"Ni ska till Visborg på förhör. Det är på länsherren Norbys befallning."

"Det måste vara ett misstag!" säger Bonsack med myndig röst. "Jag är abbot från Roma kloster och detta är min broder Jean. Vi har på morgonen besökt slottspräst Petrejus, så han kan gå i god för oss och vårt ärende."

"Vi har vår order. Om ni gör motstånd blir det bara värre för er." Soldaterna knuffar omilt in dem i vagnen.

Bonsack viskar till Jean att hålla sig lugn och göra som de säger. Fast han verkar inte särskilt lugn och samlad själv. Är det på grund av Laurentius död? Ska Jean nu hamna i fängelse därför att abboten är misstänkt för mord?

"Keep calm and carry on. Eller sitt still i båten."

Bonsack stirrar med fast blick framför sig, men har nervösa ryckningar under det vänstra ögat.

Jean suckar och mumlar för sig själv. "Herre min Gud, är det ingen ände på vad man ska råka ut för här? Varför reste jag hit? Varför till denna olycksaliga ö?"

De blir insläppta i den stora slottssalen. Och där står han och väntar, länsherren Sören Norby, med armarna i kors framför bröstet. Bonsack känner ilskan bubbla i sina ådror men trycker den tillbaka, bugar och ler ett förbindligt leende.

"Ärade herr amiral och länsherre, vi..."

"Verkligen djärvt av herr abboten att ta sig till staden och till och med besöka slottet", avbryter Norby. "Då ni är efterlyst för mord!"

"Det är helt och hållet falska anklagelser. Jag kan förklara vad som har hänt. Jag har bevis för att det var självmord."

"Nå, nå, det är tingets sak att avgöra. Men det räcker inte med att du troligen har mördat din munkbroder, jag har hört att du dessutom har för avsikt att sälja klostrets boksamling? Inga särskilt kristliga handlingar!"

"Sälja? Vad är det för ännu en falsk anklagelse? Jag bad domine Petrejus att han skulle förvara böckerna i slottet därför att vi har dåligt med utrymme i klostret."

"Det är inte vad han uppger. Du trodde kanske att han skulle hemlighålla dina affärer för mig? Men han är inte någon ohederlig antikvariathandlare, utan har överlämnat ansvaret för böckerna till mig."

"Nej, men du är en ohederlig länsherre, som roffar åt dig allt", säger inte Bonsack. Han får lägga band på sig för att inte öppet visa sin avsky för Norby.

"Ni får sitta i förvar till tingsdomaren har tid med ert fall. Det kan nog ta lite tid." Norby ger dem ett snett leende och lämnar dem åt sitt öde.

De blir förda till slottets fängelse och bryskt inskuffade i en cell. Kallt, fuktigt, mörkt. En skål blaskig soppa morgon och kväll, och en stenhård brödbit. Det går flera dagar, en vecka, två veckor. Hur länge ska de sitta där? Kommer Bonsack att få en chans att bevisa sin oskuld? Kan han skicka bud? Vem kan hjälpa dem därifrån?

Inget bud, inget besked. Bara tyst och mörkt, förutom ibland jämmer från några andra stackars fångar.

De har nästan tappat räkningen på hur många dagar de har suttit inlåsta, men äntligen händer det något. Det kommer en person som vakten släpper in till deras cell. Har länsherren äntligen förstått att det är ett misstag begånget? Det måste vara någon som kan hjälpa dem ut ur fångenskapen. Men besvikelsen blir stor när de upptäcker vem det är. Slottsprästen Petrejus!

"Din falska usling! Varför har du berättat om boksamlingen för Norby? Och ljugit och beskyllt oss för att bedriva geschäft?"

Bonsack är nära att flyga på prästen och ge honom en rak höger. Han får dock behärska sig, han är ändå abbot och bör inte lösa problem med våld. Petrejus backar ändå några steg när han möter Bonsacks svarta blick.

Petrejus medger att han har berättat för Norby, men säger sig inte haft några onda avsikter. Han hade inte anat att länsherren skulle använda det emot munkarna och gå så långt som till att fängsla dem. Han blev tvingad att berätta hela historien eftersom Norby har en hållhake på honom. Vad det rör sig om vill han dock inte förtälja, men han ser för ett ögonblick generad ut.

"Jag kan hjälpa er ut härifrån", säger Petrejus. "Men jag vill ha något i gengäld. Jag vill att ni översätter den här till danska."

Han räcker fram en skrift. Gutasagan står det på första sidan.

"Det skulle vara ett rent nöje att översätta denna skrift", säger Bonsack, som inser att han måste förhandla. "Men jag kan inte åta mig det förän jag blir utsläppt och kan sitta på min kammare. Där har jag mina viktiga ordböcker och andra skrifter."

"Jag tror inte att du förstår", säger Petrejus. "Du måste göra det nu. Först när jag har en avskrift kommer jag att ordna så att ni blir frisläppta."

"Men jag har inga brillor! Jag tappade mina på vägen hit, men jag har ett extra par hemma i klostret."

131

Petrejus ser misstroget på Bonsack, men inser att abboten faktiskt ser illa då han snubblar och slår huvudet i dörren. Han vänder sig istället till Jean.

"Men du då? Du kan väl både skriva och har bra syn?"

"Javisst, domine. Men jag har tyvärr inte lärt mig det gutniska språket ännu."

"Jag antar att du kan Gutasagan utantill? Petrejus vänder sig åter till Bonsack. "Då kan du diktera för pojken." Det är inte en fråga, utan en uppmaning.

"Ni har en natt på er! Jag måste ha den imorgon bitti."

"Hur kan vi lita på att du hjälper oss att komma härifrån?", frågar Bonsack. "Du har satt oss i denna knipa, så hur vet vi att du inte kommer att luras igen?"

"Ni kan lita på mig, jajaja, ni kan lita på mig", nynnar Petrejus och lämnar dem.

De båda fängslade munkarna ser uppgivet på varandra, men sätter genast igång med verket. De vet att de har en lång natt framför sig. Och inte kan de ta någon till hjälp? Gud? Eller...?

Nästa morgon kommer Petrejus åter och de överlämnar en avskrift. Jean har till och med fått till en snygg anfang. Petrejus blir nöjd och meddelar att han har övertygat Norby att utfärda amnesti för dem. De är därmed fria och kan ta sig tillbaka till Roma. Bonsack hade lyckats lirka ur Petrejus vilken hållhake Norby har på honom. I utbyte mot att han lovar att inte berätta för någon levande själ, ska Petrejus ombesörja så att Bonsacks brev skickas till ediktet i Frankrike.

"Förresten, var det alla böcker som ni hade med er? Ni har inga kvar i klostret?"

"Nej, det finns inget kvar, vi har lämnat hela biblioteket till er," bedyrar Bonsack. Och korsar fingrarna bakom ryggen.

Kap 16 Kajsa: Vem är den skyldiga?

Den mystiska kvinnan

Kajsa söker upp Kalle, skådespelaren som blev magsjuk på krönikespelet. Han berättar att han är journalist på Radio Jönköping och har intresserat sig för munkarna i Nydala. Han är uppväxt i byn men flyttade därifrån efter gymnasiet. Och det var genom sin kusin som han fått hoppa in som ersättare i spelet, i rollen som Petrus.

> "Hur var det med magsjukan egentligen? Enligt din teaterkollega fejkade du?"

> "Jaha, du har pratat med Peter förstår jag. Äsch, det är gammalt groll sen gymnasiet då vi var ute efter samma tjej. Och jag blev ihop med henne. Jo, men jag var faktiskt riktigt illa däran, hade kraftiga magsmärtor och diarré i flera dagar. Det enda jag kunde komma på att det skulle kunna bero på var örtdrycken. Och provet innehöll faktiskt något mysko. Jag hade tur som inte tog mer än en munfull och spottade ut, då det visade sig komma från en giftig växt."

Polisen hade förhört alla som kunde ha haft möjlighet att lägga något i drycken.

> "Som sagt, man får ju förföljelsemani och misstänker alla. Ett tag trodde jag faktiskt att det kunde vara Peter som låg bakom eftersom han ville glänsa på scenen och såg mig som konkurrent. Igen."

> "Men var det han?"

"Nej, så klart kan det inte ha varit Peter. Han är bara en uppblåst skrytmåns och inte kapabel att göra något sådant. Den enda ledtråden som polisen har är att en kvinna som varit inne i logen betedde sig konstigt."

Kajsa skruvar nervöst på sig. Hon hade själv varit inne i logen. Fast det var efter föreställningen, så hon borde inte kunna bli misstänkt för att ha försökt förgifta Kalle. Hon hade ju inget uppenbart motiv heller.

"En kvinna, sa du. Hur såg hon ut?"

"Smal, eller snarare magerlagd skulle jag säga. Gråsprängt svart långt hår, gissar 50-årsåldern. Lite lik hon i TV-serien Familjen Addams."

Det lät också väldigt likt kvinnan som trakasserar Kajsa!

Så vem är den konstiga kvinnan? I polisens utredning framkommer det att hon inte alls är anställd vid Uppsala universitet. Hon hade visserligen varit doktorand där men det var för 20 år sedan. Enligt personal som jobbade vid den tiden ansågs hon vara lite märklig redan då, och fungerade inte som handledare för studenter. Hon hade varit särskilt aggressiv mot kvinnliga studenter och kollegor. När hon nu förhörs hävdar kvinnan envist att hon forskar i ett projekt knutet till universitetet, men kan inte visa upp något intyg.

Men varför hade hon gett sig på Kajsa då? Vilken oförrätt var det som hon menade hade blivit utsatt för? Jo, därför att Kajsa inte hade angett henne som huvuduppslag för en bok som hon katalogiserat, där kvinnan var medförfattare! Vilket visar på att det kan finnas en hotbild även mot bibliotekarier, tänker Kajsa och ryser.

Dessutom har kvinnan, liksom Kajsa, en fix idé om att boksamlingen kan finnas någonstans i sinnevärlden. Hon har också hittat kopplingen mellan Nydala och Roma. Så när hon kommer på att Kajsa var inne på samma spår, gör hon allt för att stoppa henne. Hon skyr inga medel för att få erkännande av den akademiska världen.

Det var förstås kvinnan som hade skickat varningen till journalisten Kalle för att skrämmas. Det allvarligaste var att det hade kunnat gå riktigt illa, då hon hade lagt den mycket giftiga libbstickan i juicen. Hon hade fått nys om att Kalle hittat nya uppgifter om munken som troddes ha undkommit massakern, och ville förhindra att han skulle hinna publicera en artikel före henne. Polisen kunde binda kvinnan till både försök till förgiftning och övriga händelser. Det var röklukten i hennes kläder som till sist hade avslöjat kvinnan.

Återträffen

Kajsa kollar sin mobil med jämna mellanrum för att se om hon har fått något meddelande från Edvard. Hon hoppar till av förväntan varje gång det plingar till, men blir besviken då det antingen är erbjudanden från Lindex eller Mio. Samtidigt blir hon irriterad på sig själv för att hon går och hoppas. Hon vet ju inte ens om han uppfattade hennes vaga svar när hon i all hast flydde från deras möte. Och varför skulle en disputerad historiker från Uppsala vara intresserad av en simpel bibliotekarie på Gotland? Fåfängt hopp. Lika bra att försöka hitta lyckan, eller åtminstone en karl, på Match.com istället.

Fredrik ringer och är ångerfull för att han inte hade trott på henne när hon varnade för den galna kvinnan. Han förklarar också anledningen till varför han inte tog med Kajsa till mötet med "kollegan" från Polen. Det var en ljusskygg artikvariathandlare som hade krävt att Fredrik skulle komma ensam om han ville ha vissa upplysningar.

Kajsa blir istället inbjuden att komma till Uppsala för att planera en utställning kring "Historia Gothica". Hon tar flyget denna gång eftersom hon inte kan vara borta längre än för dagen.

"Tjena! Du har inte blivit skuggad av några fler mystiska kvinnor?" Fredrik ler och kramar om Kajsa.

"Nä, fast man blir ju lite paranoid", skojar Kajsa tillbaka. "Har man gjort några fler allvarliga missar när man katalogiserat?

Skämt åsido, vi är nog inte de enda som är intresserade av de äldsta skrifterna om Gotlands historia. Så lite vaksam är man allt."

"Du har så rätt. Det är verkligen ett sprängstoff vi har ramlat på. Jag är faktiskt förvånad över att det inte har rönt mer uppmärksamhet. Men nu ska du få träffa en kollega som är otroligt beläst och kunnig, och som kommer att hjälpa oss att få projektet i land. Låt mig presentera min gode vän Edvard Bloomer! Och detta är Kajsa Persson från Gotland!"

Kajsa blir så överraskad att hon skvippar ut sitt kaffe och känner rodnaden flamma upp på halsen. Försöker dölja sin nervositet genom att dyka ner och torka upp det spillda medan hon försöker samla sig.

"Goddag, goddag. Vi har faktiskt redan träffats i Visby då jag guidade där för ett tag sedan. Trevligt att ses igen!"

Antingen är han bättre på att inte låtsas om att de umgåtts intimare än på en stadsvandring. Eller så har han glömt middagen eftersom det troligen inte betydde något för honom. Hinner Kajsa tänka medan hon ligger på golvet och torkar febrilt.

"Jaha, men så bra att ni redan har träffats. Jag måste iväg på ett möte, så jag lämnar er ensamma. Ni är ju både insatta i projektet, så jag litar på att ni fixar att komma igång utan min inblandning!"

"Fredrik, jag...", börjar Kajsa, men han är redan på väg ut genom dörren. Men vänder sig om mot henne och säger med ett brett flin: "Fast Edward är en riktig kvinnotjusare så du får akta dig!"

Fredrik har ungefär lika sensibla känselspröt som en gås, och har inte alls uppfattat den spända och pinsamma stämningen som uppstått. Nåja, det är bara att ta på yrkeshatten, tänker Kajsa, och låtsas studera projektförslaget ingående. När hon tittar upp möter hon Edvards allvarliga blick. "Jag hörde inte vad du svarade, du hade så bråttom iväg förra gången", säger han. "Så jag visste inte om jag fick ringa dig. Eller om du ville ses igen. Fast nu träffas vi ju ändå, eller...".

Han tar av sig sina glasögon och torkar en svettdroppe ur pannan. Kajsa ser att han också verkar nervös och tänker att det är lika bra att vara ärlig. Det får bära eller brista.

"Jag var nog rädd för att verka för angelägen, så jag sa bara att det var OK. Och det är det fortfarande. OK alltså."

"Det var roligt att höra", säger Edvard och ler stort. "Då hoppar jag pajen idag, haha. Vad säger du, ska vi gå och käka sushi?"

Kap 17 Jean: I valet och kvalet

Sören Norby

står i sitt rum, stirrar med tom blick ut genom fönstret, från vilket han har god uppsikt över allt vad som händer och sker på slottsgården. Men han har inget intresse för vad som är i görningen längre. Tungsinnet ligger som en våt filt över hans panna. Han håller på att tappa det sista hoppet om att Kristian ska höra av sig. Genom alla motgångar har han troget stått vid sin käre konungs sida, väntat, varit beredd att lyda hans minsta vink. Skickat brev med sändebud, väntat igen förgäves på att få något svar tillbaka. På något livstecken. Nu håller Norby på att förlora greppet om tillvaron. Kristian, varför svarar du inte? Varför har du övergivit mig? Kristian, hvor i helvede er du?

Bittra tårar rinner nerför hans skäggstubb. Då det knackar på dörren torkar han sig hastigt med handens avigsida. Vakten meddelar att slottsprästen Petrejus önskar träffa honom.

"Herr Norby, jag har en mycket viktig sak att tala med er om. Jag önskar få hjälp med en frakt härifrån. När blir det dags för er nästa färd söderut?"

"Om inget oförutsett händer avreser vi mot Kalmar om tre dagar. Jag har fått respass och måste lämna Gotland snarast. Tillåts inte vara kvar på Visborg för den där låtsaskungen Fredrik."

"Kan jag få följa med då? Jag skulle bara vara glad för min del att få lämna denna gudsförgätna ö."

"Hmm, vi får se om det finns plats. Vad innehåller ditt gods som är så brådskande att få iväg?"

"Jag har blivit anförtrodd en stor boksamling från Roma kloster, som innehåller mycket värdefulla codexar."

"Så. Det ska jag väl kunna hjälpa till med att transportera. Värdefulla sa du?"

"Ja, det är många fina verk. Särskilt betydelsefull är en handskrift som innehåller Gotlands lag."

Ett nytt hopp tänds hos Norby. Inte för att han är särskilt intresserad av gamla böcker, men han ser här en chans att väcka Kristians intresse. Med en skrift som denne kanske skulle kunna använda för att bevisa sin rättmätiga plats på den danska tronen.

Norby ger sitt medgivande och befaller att böckerna ska lastas redan samma kväll. Petrejus avlägsnar sig för att göra sig redo att följa med på resan, med avsikt att liksom Norby lämna Gotland för gott. Med den skillnaden att han med glädje ser fram emot det.

På väg till stadens skeppskontor möter Norby abboten Bonsack. Just det, han har glömt att meddela honom beslutet från senaste sammanträdet med stadens betydelsefulla borgare.

"Vi har beslutat att avveckla klostret med omedelbar verkan. Du blir omplacerad. De behöver en präst i Björke så du får ta över församlingen där. Du börjar på måndag."

"Men jag är ju katolik! Jag har inte gått över till den lutherska läran! Och har det gjorts någon risk- och konsekvensanalys?"

"Det hinner vi inte med. Om du inte beger dig till Björke betraktar vi det som arbetsvägran."

"Först lurade din fähund till kung mig på Skåne som jag blev lovad i utbyte mot våra gårdar i Estland. Och nu blir man degraderad till sockenpräst", säger Bonsack.

"Tror du att du är den ende som har det jobbigt? Hur tror du att det känns för mig då? Jag får inte vara kvar på Visborg och måste lämna Gotland. Och vad ska jag få istället? Sölvesborg!"

"Oj, så synd om dig det är! Ska du inte skriva en biografi om hur kämpigt du haft det? Om din svåra uppväxt och alla motgångar du mött i livet? "

Vilken bra idé! Tänker Norby. Det är precis det han ska göra. Skriva om alla sina framgångsrika sjöslag, men även alla oförrätter han varit utsatt för. Han vill förstås främst bli ihågkommen för sitt mod, men också väcka medkänsla hos läsarna för sina vedermödor.

Petrejus

sitter med pannan i djupa veck. Funderar på sitt stora verk som han planerar att skriva. Ser fram emot långa vinterkvällar då han ska grotta ned sig i skrifterna. Få tid att göra ordentlig research som underlag till en bok. Där han ska driva sin tes om att cimbrerna, alltså danskarna, har sitt ursprung på Gotland. Han ska därmed avslöja svaret på gåtan om goternas ursprung. Vilket säkert ska väcka stor uppmärksamhet i hela Europa.

Då får han det ödesdigra budet som omkullkastar hans storslagna framtidsplaner. Norbys skepp har förlist utanför Kalmars kust med hela sin last av silver. Och böcker. Petrejus böcker. Eller ja, klosterbibliotekets egentligen, men han hade ju formellt fått ansvar för dem. Men nu är de i Poseidons iskalla famn. Som han själv hade kunnat hamna i om han hade fått åka med. I sista minuten hade Norby meddelat att Petrejus fick ta en senare tur då det var fullbokat.

Han tackar Gud för att ha klarat sig undan en trolig drunkningsdöd, men är ändå bitter över att förlorat allt värdefullt källmaterial. Han har visserligen antecknat en del, men det skulle inte räcka på långa vägar. Han vet att han måste kunna åberopa äldre skriftliga källor för att framstå som trovärdig. Om han skulle ta och hälsa på Bonsack? Det är en kunnig karl som Petrejus respekterar, även om han har dåligt samvete för att han hade utnyttjat Bonsacks svåra situation till sin egen fördel. Fast han tvivlar på att den före detta abboten hade talat sanning om att han lämnat ifrån sig alla böcker. Han räknar med att han ska kunna få något mer i utbyte då han ändå hade hjälpt Bonsack och hans yngre broder ut från Norbys fångenskap.

Jo, efter en del lirkande och löften medger Bonsack att han har några böcker kvar i sina gömmor. Bland annat en skrift om goternas härkomst. Petrejus blir mycket intresserad, men Bonsack låter honom bara studera den under uppsikt. När han frågar om han kan få låna med sig skriften blir det blankt nej. Han får rafsa ner några hastiga anteckningar om de mest intressanta delarna.

Petrejus har aldrig trivts på Gotland, så han bestämmer sig för att flytta till Lödderup i Skåne. Han är först och främst dansk och känner sig som sådan. Han fylls med tillförsikt, nog ska han kunna få ihop sitt magnum opus. Han får väl hitta på några källor. Ingen kommer att orka belägga hans referenser ändå, tror han. Han vill bli ihågkommen som skriftställare och erkänd för sin forskning om goterna. Inte för att ha varit präst på Visborgs slott.

Bonsack

känner en stor lättnad och hans axlar sjunker då en stor börda har lyfts av. Han har blivit rentvådd och fri från alla anklagelser. De har hittat Laurentius avskedsbrev där han förklarar att han beslutat sig för att ta sitt liv.

"Käre Johannes, mina kära bröder. Jag har begått en stor synd. Jag har begått hor med en man. Jag har inget att säga till mitt försvar och jag måste ta mitt straff. Jag orkar inte kämpa emot, jag ser inget ljus, ingen lösning. Mitt enda hopp är att Gud ska förlåta mig och ändå släppa in mig i sitt himmelrike. Farväl."

Bonsack känner sig ändå medskyldig till hans död och är förtvivlad över att han misslyckats med att hjälpa sin unge novis. Att han inte gjorde mer, vilket för alltid kommer att tynga hans samvete.

Han har dock svalt den värsta förtreten och bitterheten över att ha fått lämna sitt ämbete som abbot och försonat sig med sitt öde. Kanske inte så illa ändå att vara församlingspräst. De har redan kommit till honom med sina bekymmer, sockenborna, han är behövd. Det är en skön känsla att han fortfarande kan tjäna Gud genom att hjälpa människorna med deras livspussel. Han ser det också som ett sätt att gottgöra sitt svek mot Laurentius.

Dessutom ger det honom frihet att vara med en kvinna. Inte vilken kvinna som helst, det finns bara en enda som han vill ha. Hon som alltid funnits djupt i hans hjärta. Har han någon chans hos Katarina? Vill hon ha honom? Kan de få några ljuva sista år tillsammans? Vågar han fria? Hur säker kan han vara på att hon har kvar sina känslor för honom efter alla år? Om hon säger nej?

Han sätter sig vid sin pulpet och plockar fram sin skrivbok och penna. Han skriver i smyg, mest dikter. Nu börjar han på en sonett till Katarina, där han förklarar sin stora kärlek till henne.

Jean

påtar håglöst i prästbostadens rabatter. Han känner sig ensam och övergiven. Vet inte vad han ska ta sig för. Hans bana hade varit utstakad, ett stillsamt och arbetsamt liv som munk. Odla vackra och nyttiga växter. Fredagsmys med gott hembryggt öl och ett parti brädspel. Det som grämer honom mest är att han gjort den långa och riskfyllda resan till Gotland förgäves. Romaklostret ska stängas, och det ryktas att alla kloster kommer att möta samma öde. "In kommer Gösta". (Gustav Vasa alltså). Så vart ska han ta vägen? Visst skulle han kunna bege sig vidare längre söderut. Men trots sin äventyrslust känner han sig nu trött och sliten. Han längtar efter lite lugn och ro i livet.

Funderar på att sadla om. Kanske bli entreprenör i besöksnäringen. Eller ska han fortsätta på den andliga banan? Tron sviktar. Han har ett långt samtal med Bonsack. Hör sig för om det finns några lediga tjänster, behöver de fler präster? Jo, det visar sig att det är stor brist på den gotländska landsbygden. Han bestämmer sig för att gå över till Luthers lära och bli sockenpräst liksom Bohnsack. Då behöver han inte ge upp det kristna kallet och kan samtidigt bilda familj. Det är det han längtar efter. Det är tråkigt med celibat och han skulle så gärna vilja ha små söta barn.

Elfrida, den fromma bonaaddottern, skulle passa utmärkt som prästfru. Han sänder genast ett brev till hennes föräldrar, men får ett nedslående svar tillbaka. Elfrida gjorde som hon bestämde sig för. Hon har gått i kloster då han inte hört av sig. Valt nunnelivet i Sko kloster. Jean blir ledsen, typiskt att han alltid ska vara ute för sent. Fast om han riktigt känner efter så är det nog Hildegard han helst vill ha ändå. Ja, det är Hildegard han ska gifta sig med.

Om hon nu vill gifta sig med honom förstås. Han är inte så säker på den saken. Hon är så ombytlig i humöret. Ibland inbillar han sig att hon hyser samma varma känslor för honom som hans till henne. Andra gånger är hon kall och avvisande, men eftersom han inte har så stor erfarenhet av kvinnor vet han varken ut eller in.

Jean går till församlingshuset i ett ärende till Bonsack, men han har redan besök av en ung dam. Jean har inte sett Hildegard på ett tag och är inte beredd. Inte hon heller. Rodnar men blänger samtidigt ilsket på honom. Vad har han nu gjort? Och Bonsack verkar också konstig. Jean är fortfarande inte helt säker på att han inte har något misstänkt för sig. Han beter sig lite underligt ibland.

Bonsack harklar sig och tar sats. Meddelar stolt att han och Katarina ska ingå äktenskap. Jean blir alldeles stum. Gamla människan, han är ju minst 50! Är det inte meningen att det är de unga som ska gifta sig? Paret ser med ömhet på varandra. De är som två nyförälskade ungdomar som inte kan låta bli att röra vid varandra. Jean inser att kärleken nog inte tar någon hänsyn till ålder.

Hildegard ser däremot ut som ett åskmoln. För att sedan plötsligt brista ut i gråt.

"Vart ska jag ta vägen då? Om ni ska gifta er och flytta ihop?"

"Men lilla gumman, det är väl klart att du ska bo med oss!"

Nu ser Jean sin chans som han måste gripa tag i. Det får bära eller brista. Han kastar sig ut i det okända.

"Eller så kan du också gifta dig. Med mig alltså?"

Hildegard ser misstroget på honom. Ger honom en blick som om den tanken skulle vara helt befängd.

"Men du är ju munk? Du får väl inte gifta dig heller?"

"Jo, det får jag visst. Både Bonsack och jag, vi är vanliga sockenpräster nu och kan därför gifta oss."

Hildegard

är betänksam. Om hon gifter sig med en före detta munk, kan de då leva som ett gift par? Eller blir det bara på papperet? Lite vill hon rulla runt i sänghalmen, annars var det väl ingen mening med det hela.

"Jo, men mor och Bonsack är för gamla för att få barn. Jag vill ha barn, inte bara bröllop."

"Jo, självklart, om vi ska gifta oss ska vi vara ihop. Alltså ihop så att det blir barn", försäkrar Jean.

När han försiktigt kysser henne så försvinner alla hennes tvivel.

"Vill du gifta dig med mig? Vill du ha ett litet barn med mig?"

"Ja, det vill jag gärna."

"Sakta i backarna! Jean, enligt sed och bruk måste du först be brudens föräldrar om lov att få gifta dig", säger Bonsack myndigt.

"Jaha, tänkte inte på det. Jo, kan jag få lov att få er dotter till min äkta maka?"

Jean vankar nervöst fram och tillbaka. Ska den där Bonsack nu sätta stopp för hans planer? Inte har han några besparingar, vad kan han

145

erbjuda Hildegard? Men en fast anställning som präst är väl ändå inte så illa? Nu börjar han tvivla igen.

"Vi har diskuterat din anhållan om att äkta vår dotter. Du har fast arbete och kan försörja henne, det är bra. Men du har ingen bostad. Inte bra. Nåja, ni kan få bo i ena flygeln tills ni har skaffat ett eget hus. Hildegard accepterar ditt frieri, men på ett villkor."

"Jag vill INTE vara hemmafru!"

Hildegard har kommit på en idé om att hon ska öppna ett lånebibliotek. Jean är först emot det. Skulle han inte kunna försörja sin familj? Hildegard säger att hon inte kommer att tjäna några pengar , men att hon kommer att vara mycket gladare om hon får arbeta. Och ska det inte vara ett jämställt äktenskap?

"Låt gå för det då. Men om du ska ha ett bibliotek, då ska jag bli författare. Tror jag ska skriva en faktabok om nyttiga växter. Kanske kan jag bli lite berömd i alla fall."

Kap 18 Kajsa: Rabalder på biblioteket

På ungdomsavdelningen

Kajsa håller workshop i makerspace för ett gäng stökiga tweenies. Hon är inte så bra på de digitala nymodigheterna så hon råkar av misstag göra en byse i 3D som smiter iväg. Han springer runt i hela biblioteket, river ner böcker, gapar och skriker. Hon jagar honom med en dammvippa i högsta hugg mellan hyllorna.

"Hallå! Kom tillbaka, din lille rackare!"

Bysen hinner byta ut alla gavelskyltar innan han sätter sig vid informationsdisken, låtsasglor på datorskärmen och knattrar på tangenterna. Pratar med hög tillgjord röst.

"Nej, tyvärr går det inte alltid att skriva ut. Nähä du, vi har inget wifi här. Tyvärr är det 573 i kö på Anna Janssons senaste, men jag kan reservera den åt dig. Eller så har du väl råd att köpa en pocketutgåva om du inte orkar vänta."

Han springer fram och ropar i mikrofonen kopplat till högtalarsystemet. "Nu är klockan kvart i sex och biblioteket stänger. Personalen är trött och vill gå hem och fredagsmysa. The library is now closing! Go home!".

Det verkar som om Kajsa hade råkat komma åt något script så att bysen har blivit en bibliotekariekopia. Men som på bysiskt sätt säger precis vad han känner och tänker utan några som helst hämningar.

Bysen gör fula grimaser åt Kajsa. Han är liten men otroligt snabb. Varje gång hon är nära att få honom fast lyckas han komma undan. Till slut lyckas hon i alla fall att tvinga in honom i ett hörn.

"Du är bara en kopia! Du finns inte egentligen!"
"Och vad är du då? Ett original kanske? Hoaaha."

Bysen skrattar elakt åt Kajsas ansträngningar men låter sig ändå låsas in på vaktmästeriet. Mitt i tumultet dyker en man upp som börja ställa frågor om skriften de har hittat. Var den finns och ifrågasätter varför han inte kan få den på hemlån. Kajsa känner igen honom som en av de mest kritiska rösterna från föredraget.

"Det står ju att biblioteket ska vara tillgängligt för alla, och att alla ska kunna få tillgång till allting?" envisas mannen.
"Ja, men du måste väl förstå att vi inte kan låna ut en unik skrift från 1200-talet?" förklarar Kajsa tålmodigt. Men eftersom den är digitaliserad kan du istället läsa på datorn."
"Jag vill inte läsa digitalt. Jag vill ha den tryckta versionen."
"Den är inte tryckt", säger Kajsa triumferande. "Det är faktiskt en handskrift!"

Kajsa kommer hem helt slut efter dagen och slänger sig i soffan. Tittar på en brittisk thriller på SVT Play och slevar i sig yoghurt med müsli. Hon ska precis resa sig upp för att gå på toaletten då telefonen ringer.

"Ja, det är Kajsa. Vem är det? Hallå!"

Ingen svarar men hon hör någon som andas tungt i luren. Hon knäpper irriterat av samtalet. Efter en stund kommer det ett sms. Är det Micke som skickar ännu ett ångerfullt sms, och bönar och ber om att de ska försöka igen?

"Du får en sista varning. Lägg omedelbart ner dina efterforskningar!"

I samma ögonblick hör hon ett skrapande ljud utanför balkongdörren som vetter ut mot den lilla täppan. Hon brukar ibland få för sig att det plötsligt skulle stå någon där och kika in på henne, när hon sitter i godan ro på kvällarna. Vad hon då skulle göra? Ringa till polisen eller våga sig ut för att ta lagen i egna händer?

Och nu händer det. Det är faktiskt en gestalt där. Eller ser hon i syne? Inbillar hon sig? Hon flyger upp ur soffan och öppnar dörren. Det finns ingen där, men hon hinner se skymten av en person som springer iväg. Och hon känner en skarp röklukt. Vad fan, är det den där galna kvinnan igen? Det skulle inte förvåna henne om kvinnan blivit utsläppt redan fast hon inte ansetts psykiskt stabil. Ska hon följa efter? Nej, Kajsa är för upprörd och rädd så hon stänger dörren och låser. Kollar att köksdörren som hon brukar glömma också är låst.

Hon hoppar högt när det senare samma kväll kommer ännu ett sms.

"Kom till Torsburgen på lördag kl. 17.00. Du ska få viktig information om klosterbiblioteket."

Hon är tveksam men nyfikenheten och ilskan tar överhand. Hon tänker inte låta sig skrämmas. Kajsa bestämmer sig för att ta reda på vad det handlar om och varför man har kontaktat henne.

Torsburgen

Hon tar bilen och kör till den gigantiska och mytomspunna fornborgen mitt på ön. Dit enligt legenden folket tog sin tillflykt då de blivit utröstade. De som hade dragit nitlotten och skulle fördrivas från ön.

Solen gassar och hon svettas då hon som vanligt är klädd i svart. Det är kusligt tyst, så när som på fågelkvitter och trädens sus. Inte en människa i sikte, trots att det är mitt i turistsäsongen. Fast de flesta ligger väl på stranden eller sitter på glasscaféet i stan. Åh, vad det skulle vara gott med en isglass eller en kall öl, tänker Kajsa. Då får hon ett nytt sms.

"I bunkern finns ett paket till dig".

Hon ser sig omkring, där är den graffitisprejade bunkern. Kan hon lita på att avsändaren inte har några onda avsikter? Varför hade hon inte tagit med sig någon kompis? Varför var hon så dum och åkte ensam, då hon inte har en aning om vilka som ligger bakom meddelanden? Fast vad var det nu som Micke brukade säga? Det finns inga kriminella på Gotland...det finns inga...

Det ligger mycket riktigt ett paket i ett hörn. Hon går in snabbt samtidigt som hon håller ett öga på dörröppningen. Nappar åt sig paketet och går ut. Hon skyndar mot bilen, känner en obehaglig känsla av att vara iakttagen.

En bok. "Goterna var gotlänningar – studier gjorda av Gotiska ordern". Vad var detta? Varför har hon fått en bok om goter i sin hand?

"Välkommen, Kajsa! Vi visste väl att du skulle komma!"

Hon vänder sig snabbt om, har inte hört något förrän de är alldeles bakom henne. Två män. Den yngre ser bra ut, riktigt snygg och välklädd, medan den andre är mer sjavigt klädd och liknar en stereotypisk hillbilly. Det nästan svartnar för ögonen så skräckslagen är hon. Ska hon bli styckmördad och begraven på Torsburgen? Kommer någon att upptäcka henne? Eller blir hon rapporterad som en i raden av många olösta försvinnanden?

"Du behöver inte vara rädd", säger den snygge mannen lugnande. "Vi förstår att det verkar konstigt att vi valt att stämma möte här ute, men vi måste ta till alla försiktighetsåtgärder. Vi måste vara på en plats där vi kan vara säkra på att inte blir avlyssnade".

"Jag är inte rädd. Men varför skulle ni vara avlyssnade?" viskar Kajsa. "Av vem?"

"Ja, det är naturligtvis många som är intresserade av våra förehavanden", svarar mannen. "Och militären tror att vi sysslar med spioneri åt ryssen". Han skrattar torrt. Hillbillyn lägger upp ett snusbrunt flin och gör en obscen gest.

"Varför har ni kontaktat mig då? Vad vill ni mig?"

"Vi har förstått att du är intresserad av goternas historia?" Snyggingen avfyrar ett avväpnande leende.

"Nja, goterna vet jag inte, det är väl mest den medeltida boksamlingen som jag är intresserad av", mumlar Kajsa. Hon är avvaktande och undrar vad de är ute efter, och om de är riktiga galningar eller bara lite stolliga.

"Vi var och lyssnade på ert föredrag på biblioteket och känner till ert senaste bokfynd. Vi tror att du kan bli en viktig länk i vårt nätverk. Därför vill vi erbjuda dig exklusivt medlemskap i "Gotiska orden. För bevarandet av minoriteten goterna på Gotland".

Snygge mannen slår ut med armarna och ser ut som om han meddelat henne att hon vunnit högsta vinsten på Lotto.

"Tack för ert erbjudande, men jag tror inte att jag är intresserad", säger Kajsa.

Mannen som hittills fört talan och låtit som en smord telefonsäljare genomgår en synlig förändring. Hans trevliga uppsyn övergår till en kall och hård blick.

"Du kanske inte känner till att enligt föreningens stadgar accepteras endast män med gutniskt påbrå? Men vi tror att med din koppling till både Uppsala universitet och Biblioteket kan du vara till stor nytta för oss. Så vi gör alltså ett undantag då vi bjuder in dig som kvinna till vårt sällskap. Och trots att du inte heller har några som helst gutniska gener."

"Tack igen, jag känner mig mycket hedrad", säger Kajsa.
"Men jag är med i så många föreningar redan, så jag tror inte att jag hinner med mer."

"Ingen har tackat nej till ett medlemskap. Ingen."

"Ok, jag förstår det, men tyvärr får jag avböja detta erbjudande. Trevligt att träffas, jag måste bege mig nu."

Kajsa känner sig olustig då hon märker hur irriterade männen verkar bli av hennes avböjande. Hon börjar gå med snabba steg mot sin bil, men hinner inte så långt. Hon får en hård knuff i ryggen så hon ramlar och tar emot med ena handen. En skarp smärta i handleden men hon försöker att komma upp på fötterna igen.

I nästa stund blir hon inknuffad i en bil och får en huva neddragen över huvudet så att hon inte ser något alls. Hon vet inte vad hon ska tro om männen, vill de bara skrämma henne eller är det allvar? Är männen både tokiga och kapabla till brott? Eller är det hela ett stort skämt? Inte så himla kul i så fall. Hinner Kajsa tänka innan hon försvinner in i dimman.

Kap 19 Jean: Kärleken övervinner allt

Det är sista söndagen i augusti. Brittsommarsolen strålar från en klarblå himmel. Inte ett moln så långt ögat kan nå. Ungmansstången är rest och en häck av unggranar löper runt trädgården. Bröllopsbjudaren har ridit mellan granngårdarna i socknen och högtidligt inbjudit till det stundande kalaset. Dragit långa bidläxor med skämt om fästfolket vilket gett upphov till mycken munterhet hos dem han gästade.

Det har varit bråda dagar i prästgården i Roma. Mycket bestyr för att få allting klart. Skaffare har anlitats och resor till Visby har företagits för inköp av både råvaror och klädestyg. Lamm har slaktats, bröd och kakor har bakats, maträtter har tillretts av kokamor. Katarina har farit runt och övervakat allt men också huggit i själv, trots Bonsacks förmaningar om att ta det lugnt och spara på krafterna.

De första gästerna har kommit och står i små grupper eller ensamma. Några gör tafatta försök att prata med sin granne, men det går trögt med konversationen. Andra är ovana vid större kalas och står tysta och försagda. Blir lättade när de hör att brudgummen och hans följe äntligen är på intågande.

In under äreporten av eklöv träder brudparet med värdighet. Bonsack är klädd i sin svarta prästdräkt med slängkappa, stilig som en matador. Katarina i enkel svart ylleklänning med rött livstycke och ett vackert bronssmycke på bröstet. Håret flätat runt huvudet. Lugnt och stilla går de fram till prästen från grannsocknen som ska viga dem. Får sin välsignelse, blickar ömt på varandra.

De inbjudna gästerna drar efter andan när ännu ett brudpar kommer in. De närmaste vännerna är invigda i hemligheten. Men de flesta har blivit bjudna till sin sockenpräst Bonsacks bröllop och blir därför överraskade. Herrejistanes så roligt, dubbelbröllop i vår socken!

153

Hildegard strålar som en gudinna med sitt röda hår, krusat i pannan och krönt med en krona av lingonris. Klädd i en vid svart kjol, ett rött bälte runt den smala midjan, blus med spetskrås och ett stort hängsmycke. De unga drängarna får något drömskt i blicken, medan ungmön suckar avundsjukt med trånande blickar på brudgummen. Jean, den smärte, brunögde och mörklockige riddaren. Ett sådant vackert par!

Gästerna uppmanas nu att gå till bords, men de är trögbedda även om det knorrar i magen. Ingen vill verka framfusig, och några gömmer sig bakom en stor gran. Snart vågar de dock sig fram till långborden som är uppställda i hästskoform i trädgården och täckta med vita dukar.

Gästerna lassar sina trätallrikar fulla med mat. Bröd, en liten aptitsup i brännvin, kokt idfisk, lingon, rödbetor, saltkött, lammstek. Dags för en sup till! Rispudding och äppelkaka serveras till dessert. Öltapparen har inte en lugn stund. Stämningen har nu stigit betydligt och även de blyga slappnar av.

Efter att alla rätter är avsmakade sitter gästerna mätta, belåtna och lite salongsberusade, nåja, några lite mer än så. Då är det dags för att röra på sig. Spelemän stämmer sina vevliror och stampar igång till en munter dans. Det blir långdans runt hus och gård, som övergår i en vild polska.

Festligheterna håller på till långt in på småtimmarna, ingen vill gå hem. Åh, denna natt, en sån underbar natt! Det unga brudparet har dragit sig undan och vilar ut vid den lilla dammen. Med händerna sammanflätade och lutar sina huvuden mot varandra. Pratar om sin gemensamma framtid.

Men allting har en ände, även ett bröllopskalas, och det blir dags att runda av. En skål i vin och lyckönskningar till brudparen, och sedan återstår bara sängledningen. Bonsack säger generat att han i egenskap av präst kan klara av att välsigna brudsängen själv, och särskilt med tanke på hans och Katarinas ålder.

Jean river ner himlen av vita lakan som är uppspänd över brudsängen, men lyckas trassla sig ur och hittar fram till Hildegard. Jodå, det blev allt lite skoj i sänghalmen.

Beviset får de nio månader senare och de kommer, förhoppningsvis, att leva lyckliga i alla sina dagar.

Kap 20 Kajsa: Är det riktiga goter?

Det vimlar av varelser som hoppar omkring och skriker rakt ut som om de är komplett galna. Om det nu inte är någon slags frigörande dans som de utövar? De ser ut som helt vanliga människor klädda i färggranna 70-talskläder, men på nära håll upptäcker hon att deras ansikten är liksom genomskinliga och deras blickar frånvarande.

De kastar ett föremål emellan sig, men hon kan först inte se vad det är. Som den där gamla bolleken, kasta gris, fast det är ingen boll de fångar. Det är en docka, nej, det är en livs levande bebis! De dansar runt Kajsa i en ring, kommer närmare och närmare, hon känner flåset i nacken och deras obehagliga haschdoftande andedräkt...

Hon värjer sig med armarna och skriker högt "nej, låt mig vara, jag vill inte vara med, släpp mig!" Kajsa sätter sig upp med ett ryck. Huvudet känns tungt som efter en rejäl bakfylla, och handleder och fötter värker. Hon ser sig omkring, och upptäcker att hon ligger på en helt vanlig soffa i ett helt ordinärt vardagsrum. Hon inser att det bara var en hemsk mardröm och skrattar för sig själv. Men i nästa ögonblick blir hon medveten om att det finns ytterligare en person närvarande i rummet. Hon minns då sin utflykt till Torsburgen och vad som utspelats där. Det partiet är uppenbarligen inte en dröm eftersom hon nu befinner sig i ett okänt hus tillsammans med mannen från borgen.

"Godmorgon, har fröken sovit gott? säger mannen med ett lent tonfall. "Jag ber om ursäkt för den något onödigt hårda behandlingen, men eftersom du tydligen inte ville följa med frivilligt såg vi oss tvungna att ta i med hårdhandskarna. Det är sällan vi behöver bruka dessa metoder, då folk står i kö för att bli medlemmar."

"Var är jag? Och vilka är ni? Och vad vill ni? Det är människorov, jag ringer polisen om ni inte släpper mig!"

Herregud, tänk om hon är offer för trafficking och ska bli skickad till annat land? Hon trevar i fickan efter sin mobil, men där är det tomt.

"Skulle inte tro det", säger mannen och håller triumferande upp hennes telefon.

"Jag skulle önska att vi kan göra detta på ett värdigt sätt, men då får du hålla dig lugn. Ikväll kommer invigningsceremonin att ske, och det är absolut inget att vara orolig för. Du kommer att få göra några prov, det är allt. Tills dess kan du vila dig, min tjänarinna kommer strax med lunch. Hon hjälper dig också med bad och klädsel enligt reglerna."

Han lämnar Kajsa ensam i rummet och låser efter sig. Hon skriker på hjälp och bankar på dörren, men inser snart att det är lönlöst. Bäst att istället spara på krafterna till ceremonin, där hon hoppas att det ska finnas några vettiga människor som kan hjälpa henne därifrån.

Samtidig förbereds denna ceremoni i en annan del av huset. I vilken journalisten Alex har lyckats nästla sig in i. Han blir förd genom en svagt upplyst korridor som leder fram till en stor sal. Det tar en stund innan Alex kan urskilja ett altare i mitten av rummet, på vilket det ligger ett kors och ett svärd. Ett tiotal personer, alla med täckta ansikten, står i en ring runt altaret.

Ingen yttrar ett ord och Alex ångrar sin nyfikenhet. Rykten gick att det är personer med ovanliga böjelser som utgör sällskapet och att det förekommer offerriter enligt gamla fornnordiska seder. Det märkliga är ändå att inget konkret om dessa sammankomster har kommit fram, trots att lokala journalister försökt få en inblick under årens lopp.

En av männen, för Alex antar i alla fall att det är endast män, går sakta fram och ställer sig framför altaret. Han svingar korset som en pendel medan han mässar på något obegripligt språk, kanske latin. Alex tar några djupa andetag för att lugna ner sig. Tänker att det är bara en oförarglig ceremoni för att göra det hela märkvärdigt. Det är säkert bara en samling uttråkade pensionerade män från näringslivet som söker lite spänning i tillvaron.

Mannen tystnar och tar upp svärdet med vilket han pekar på Alex. Han känner spetsen sticka in mellan revbenen och hjärtat bultar. Alex förstår att det ingår i invigningsritualen och att det är bäst att göra som han blir tillsagd. Det kan bli en riktigt bra historia till tidningen, och inte kan de tvinga någon att fortsätta vara med i sällskapet mot ens vilja. Eller?

Han blir beordrad att klä av sig, vilket han gör högst motvilligt, och att lägga sig på altaret. Alex protesterar och skakar på huvudet, detta hade han inte ändå räknat med. De maskerade männen har nu kommit närmare och står i en tät ring runt honom. Alex bedömer avståndet, gör en utbrytning och springer.

-Ingen kan avbryta en invigningsritual, hörs en dånande röst. Det är en stor skymf mot högsta rådet att bryta mot våra regler, vilket måste straffas enligt nivå 1.

Kajsa står mållös i ett hörn och bevittnar det som utspelas framför henne. Hon ser sig omkring. Är det verkligen ingen mer än hon själv som ser det absurda i det som händer? Är det ingen som förstår att det bara är ett galet spektakel? Men hon möter bara kalla och okänsliga ögon. Men vänta, är det inte Carolus? Det hade hon ändå inte trott. Även du min Brutus hinner hon tänka innan han ger henne en försynt blinkning. Vad det innebär vet hon inte, han kan vara insyltad i det märkliga sällskapet och försöker lura in henne i falsk säkerhet. Men det är ändå hennes enda hopp, han är den enda person som hon känner igen. Carolus stiger nu fram och mässar något på latin. Mästaren ger en godkännande nick.

"Carolus kommer att bli din mentor. Han ska vägleda dig i ordens alla delar och du ska lova att lyda honom blint". Kajsa böjer huvudet och ger ett svagt jakande svar.

Hon klarar testerna galant då det var mest frågor om Gotland, trots att det var på gutamål. Tydligen är även personlighetsresultatet godkänt, mästaren ger henne beröm och övriga medlemmar ser med respekt på henne. Nu tar festligheterna vid, mat och dryck i överflöd dukas upp. Ljuskandelabrar sprider värme i den vackra salen, och gotisk musik av Anna von Hausswolf strömmar ur högtalarna. Kajsa slappnar av en aning, kanske är det ett rätt harmlöst sällskap ändå?

Carolus ställer sig bredvid henne och häller upp vin. Viskar till henne att han blivit inbjuden som hedersmedlem tack vare sin stora kunskap om Gotland, och först hade blivit smickrad som alla andra. Men han hade ganska snart genomskådat sällskapets märkliga förehavande och insett att det inte alls är någon seriös verksamhet. Han hade ändå fortsatt eftersom han kontaktat en journalist på Horisont, det var den nakne mannen som hette Alex, som gått med på att wallraffa för ett avslöjande reportage. Carolus hade hört när de skröt om hur de kidnappat en kvinna och förstått på beskrivningen att det var Kajsa.

"Jag har fotat ceremonin i smyg, men vi måste ändå hålla masken och spela med i teatern tills det är slut", säger Carolus. "Tyvärr måste du därför göra ytterligare en sak så att vi får bevis för hur galna de är".

"OK, och vad är mer obehagligt än att bli avklädd näck framför ett gäng "goter"? Bli offrad på ett altare eller?"

"Nja, inte riktigt så farligt. Men var inte orolig, jag är här och Alex journalistkolleger väntar utanför. "

Ceremonimästaren kommer nu fram till dem och räcker Kajsa sin hand. Hon ser på Carolus som nickar och hon följer därför tveksamt med mannen. De går fram till altaret där försäljaren väntar leende och hon får onda aningar.

"För att befästa god samverkan mellan biblioteket och aktörer i lokalsamhället föreslår vi att ett heligt äktenskap ingås mellan dess företrädare. Vill du, August Bergstrind, gcternas ledare, taga denna Kajsa Persson, bibliotekarie vid Biblioteket, till din äkta samarbetspartner?"

"Yes, I do, I do, I do", nynnar August och Kajsa ryser av obehag. Han låter oroligt lik en känd dansbandssångare.

Afterwork

Kajsa sitter och sippar på en gin- och tonic i baren vid Stora torget. Precis som de flesta nyförälskade kan hon inte hålla inne med det längre, utan berättar för väninnorna att hon har träffat en man. Och att det nog är seriöst denna gången också. De ser misstroget på henne och skakar på huvudet. Det gäller att hänga med i svängarna.

"Skulle inte du bli nunna och gå raka vägen i kloster?"

"Äsch, jag ångrade mig. Jag insåg att det är tre saker jag inte kan sluta med. Magdans, vin och män. Och det får man inte ha i klostret. Definitivt inte män i alla fall."

Distansförhållande igen...oddsen säger att det håller max sju år. Fast å andra sidan höll inte samboförhållandet heller. Edvard berättar att han kommer att ha föreläsningar en gång i månaden i Visby. Om hon kan tänka sig att åka till Uppsala så kan de ses varannan helg. Låter som ett bra upplägg, till en början i alla fall.

Edvard och Kajsa halvligger i varsin ände av soffan och läser. Det är det som är så skönt med den här mannen. Att vi kan hålla på med egna saker och vara tysta, fast det ändå känns att vi är ihop. Samtidigt som vi hittar på massor av kul grejer tillsammans, tänker Kajsa nöjt.

Efter det uppmärksammade reportaget i Horisont hade den lokala polisen gjort razzia i föreningslokalen och styrelsens bostäder. Det visade sig att det gotiska nätverket faktiskt inte var någon oskyldig orden för uttråkade äldre män. De hade funnit bevis för långtgående planer på att stjäla "Historica Gotica" på Uppsala Universitetsbibliotek där de haft infiltratörer. Nätverket sträckte sig långt in i den svenska bokbranschen, och polisen kunde inte garantera att de lyckats kapa alla grenar.

"Det bildas hela tiden nya grupperingar och personer som är villiga att ingå i dessa, det pågår en ständig rekrytering som är svår att komma åt", säger en talesperson vid NOA.

Därmed kan väl Kajsa låta polisen sköta detta och återgå till sin vanliga tillvaro som bibliotekarie och med nytt förhållande? Nja, hon kan förstås inte släppa det helt.

Det råder inga tvivel om ATT det funnits en betydande boksamling från klosterbiblioteket, men gåtan om vart resten av böckerna tog vägen har dock ingen ännu löst. Ligger de på havets botten? Eller är de kvar på ön?

Kajsa läser en tidningsartikel om ett bärgat föremål från ett medeltidsskepp utanför Ronneby. Hon får ett infall. Tänk om det är skeppet som Norby for med till Blekinge?

"Jag funderar fortfarande på om de där böckerna finns gömda någonstans. Jag har haft lite kontakt med länsmuseet. Det kan finnas material från dansktiden som inte är så känt. Ska vi ta och åka ner en helg till Karlskrona så jag kan luska lite i det?"

"Ska du inte släppa det där nu?" tycker Edvard. "Du kunde ju ha råkat riktigt illa ut med de där galningarna. Du tar för allvarligt på alla dessa tecken. Bara för att du fick en bok i huvudet behöver det inte betyda något. Om jag skulle tro att något skulle hända alla gånger jag fått böcker i skallen, haha!"

"Ja, men du är ju så tjockskallig så det går nog inte igenom. Du har inte lika utvecklade känselspröt som jag, förstår du."

"Men OK, kör i vind, det kan vara trevligt med ett besök till den stolta örlogsstaden."

Jean: Epilog – ett par år senare...ca 1523

Jean sitter ensam under korkeken och funderar, känner sig sorgsen. Varför en sån dyster min? Han tänker på sin mor och sina systrar, hur har det gått för dem? Vilket liv har de fått? Han fäller en tår, kommer aldrig att få återse dem. Eller det kanske inte är omöjligt ändå? Nu när han är präst skulle han faktiskt kunna fara iväg på en längre resa.

Tänker på Nydala kloster och Arvid, fäller ännu en tår. Tror att han skulle varit stolt över Jean, fast han lämnat munkbanan. Jean har sina stunder av sorg och kan ibland känna sig vilsen i tillvaron. Nej, han slår ifrån sig de mörka tankarna. Inte ska han väl sitta här som en dysterkvist.

Han är så lycklig över sin familj. Tacksam för att ha fått en underbar fru och barn, och på köpet en svärfar. Nåja, Bonsack kan vara lite bister ibland, men han har vant sig vid hans sätt. Svärmor är handlingskraftig och vet var skåpet ska stå. Dottern har ärvt hennes sinnelag och Jean ler när han tänker på de små kontroverser de har ibland. Han trivs bra med sitt arbete som sockenpräst, och på sin lediga tid samlar han växter och skriver på sitt botaniska verk.

En liten pojke kommer nu tultande, ivrig att berätta för sin far om sin senaste bragd.

-Pappa, pappa, ja tatt en fisk!

Kajsa: Epilog – ett par år senare...ca 2020

När Kajsa en helt vanlig höstdag dammsuger källarmagasinet hittar hon ett brev. På det gulnade kuvertet står det "Till förste bibliotekarie ansvarig för läroverksbiblioteket". Förste är hon ju inte precis, men ansvarig i någon mån alla fall, så hon öppnar försiktigt och drar upp ett ark. Hon läser dessa förtröstansfulla ord:

"Vi bibliotekarier samlar, beskriver, tillgängliggör och bevarar våra samlingar. Ingen bibliotekarie är fullkomlig och ingen samling är fullständig. Vi bygger på varandras ansträngningar. Bok för bok. Ha det som tröst när ni känner förtvivlan över ouppackade lårar och högar med restantier!"/Med ödmjuka hälsningar, eder ständige beskyddare Masse PS. Ett råd för er forskning efter klosterbiblioteket, sök i lokalsamlingen och ni ska finna. DS".

" Habent sua fata libelli (=böcker har sina öden)